Les consultants
qui rayaient
la moquette

Ed Arty

**Les consultants
qui rayaient
la moquette**

© 2019 Ed Arty

Illustrations : **Dessins d'Humeurs**
Correctrice : **Florence Clerfeuille**

Edition : BoD - Books on Demand
12/14 rond-point des Champs Elysées
75008 Paris
Imprimé par BoD – Books on Demand,
Norderstedt
ISBN : 9782322188710
Dépôt légal : novembre 2019

Big Four : n.m. catégorie d'entreprises inclassables dont les codes ne répondent à aucune règle classique et où la liberté de chaque employé s'arrête là où le pouvoir des associés commence.

Avertissements :
Ce livre a déjà fait l'objet d'une parution sous le titre « Le Conseil ou la Vie ». Ceci est une version revue et corrigée.
Les événements relatés ne désignent pas un cabinet spécifique. De même, inutile de chercher à reconnaître un personnage existant ou ayant existé sous les caricatures. Le parti-pris est ici celui de l'humour parodique.

Sortie d'école

Je marche fièrement dans la rue, quasiment plus gonflé par mon costume que par cette nouvelle réussite de ma courte vie. Tout frais émoulu de mon école de commerce, j'ai été admis dans l'un des plus prestigieux cabinets de la planète. Un des fameux « Big Four », un des quatre grands maîtres du monde, vous vous rendez compte ?
Les gens qui me croisent doivent me trouver un air de gamin boutonneux déguisé en homme d'affaires, tandis que je me prends pour le petit génie à qui tout va réussir. Regardez mon torse bombé et la fierté avec laquelle je porte mon costume de marque payé avec l'argent de Papa et Maman. Je compte bien lui donner un petit frère très prochainement grâce à ma première paye. Soulignons au passage que, si tout se passe bien, cette fameuse première paye touchée dans un mois me propulsera du rang d'improductif total à celui des dix pour cent des Français les mieux payés.

Il faut me pardonner ce moment de faiblesse et d'orgueil mal placé. C'est promis, vous n'en aurez plus par la suite, à quelques sursauts près. Je vais passer un certain temps dans mon « Big » et vais vous en raconter quelques-unes de bien croustillantes. C'est un monde tellement différent de celui de l'entreprise traditionnelle ! Je n'imaginais pas ses modes de fonctionnement et ses codes, qui m'ont fait bien vite redescendre de mon petit nuage naïf et vaniteux.

A peine sorti du monde scolaire, je me lance dans le grand bain. Je ne connaissais que le travail bien défini et la récompense en fonction du mérite. Prêt à affronter un profond bouleversement de ma vie, j'ai décidé de laisser de côté quelque temps ma personnalité pour me fondre totalement dans le système.
Je mets en pause toutes mes interrogations sur ma liberté de pensée et d'action ainsi que sur mon avenir. Priorité à l'acquisition de l'autonomie financière et sociale. Je dois être patient pour la suite.

Je pense à mon pote Titus que j'ai eu hier soir au téléphone – ou plutôt lors d'un appel vidéo, car il voulait me montrer ses cravates et ses costumes. Il débute aujourd'hui comme moi : il est embauché dans une grande entreprise, un fleuron français sans pareil dans le monde. Il a aussi la grosse tête, croyant dur comme fer qu'il ne sera pas qu'un petit salarié parmi plus de cinquante mille, mais un excellent jeune diplômé, un « haut potentiel » au parcours prestigieux.

Il ne sait pas trop ce qu'il y fera, c'est juste pour lui un début de carrière qui devrait lui permettre d'observer et de franchir les étapes au pas de course pour atteindre un niveau convenable. Il est recruté par un département « méthodes et qualité », dont il ne sait pas beaucoup plus.

Je l'imagine bien, approchant de ses futurs bureaux, ne doutant de rien et certain que le monde va s'offrir à lui. Pourquoi ne m'a-t-il pas suivi dans le conseil ? Il préférait connaître le monde de l'entreprise de l'intérieur avant de tâter le terrain du service ou de créer sa boîte, comme il dit.

Sacré Titus, toujours à avoir des idées et des théories sur tous les sujets. C'est pour ça qu'il est mon pote. Il est aussi agité et délirant que je suis conventionnel et timoré. Mais, à son contact, je suis capable de libérer l'autre partie de mon être et, aux dires de certains, devenir extrêmement surprenant et convaincant.

Vous expliquer la différence de vie professionnelle entre Titus et moi, c'est un peu vous décrire les cours de natation à la piscine.

Titus est dans le petit bain et il barbote. Il a besoin de conseils pour pouvoir nager dans le grand bain, où il n'a pas pied.

Je suis dans le grand bain et je maîtrise la natation, sous les yeux bienveillants du maître-nageur, un associé du cabinet de conseil. Ce dernier ne se baigne jamais. Tout au plus esquisse-t-il au bord de la

piscine une démonstration de mouvements de brasse ou de crawl. Mais une moitié de corps à la fois, sinon il perdrait pied... au sol.
Je ne vais pas aider Titus à plonger dans le grand bain, mais plusieurs de ses homologues directs : d'autres clients du Big.

Mon Big partage avec d'autres cabinets similaires un immense gâteau, le marché de l'audit financier et du commissariat aux comptes des grandes entreprises de la planète. Les entreprises répondent à une obligation réglementaire. Elles n'ont pas le choix, il faut payer. Le principe est simple : l'entreprise donne mandat au Big pour réaliser tous les ans un certain nombre d'actions. Il existe des mécanismes de facturation forfaitaire ou selon le temps passé par les consultants du cabinet. De manière simple, il s'agit de vendre des heures de travail, appelées « prestations ».

J'approche donc, un léger pincement au cœur, du somptueux building de « La Firme », comme elle aime à se surnommer. Le fier-à-bras n'en mène plus large, malgré son éternelle et indéfectible confiance en lui, à l'approche du « Paquebot », petit nom de l'immeuble hébergeant tous les consultants et auditeurs. Mes sens se mettent à l'affût et j'observe sans cesse, comme si l'on m'épiait déjà derrière les immenses baies vitrées fumées du gros bâtiment, qui ne ressemble en fait pas vraiment à un navire de luxe. Ici, personne ne me guette. Je ne suis qu'un consultant débutant de plus et je me mets sur des rails qui ont été tracés pour tout le monde. Ma personnalité n'importe que très peu, pourvu que je réponde aux attentes de mes patrons et me fonde dans le moule qui m'est imposé.

Un ancien de mon école m'a prévenu. Il m'a décrit des horreurs que je n'ai pas vraiment comprises ou qui ont au contraire suscité chez moi l'envie. Au lieu de m'inciter à fuir, ma volonté naïve d'en découdre, d'entrer dans la vie active par la grande porte, d'avoir un aperçu du monde du conseil avant de décider de mon orientation future m'a propulsé vers le Paquebot. Déçu de voir que je persistais à vouloir entrer dans ce Big, il a conclu notre échange par cette sentence : « C'est peut-être un cabinet d'audit. Pour ce qui est du conseil, ils ont une vision toute particulière de la chose. Pour moi, ce n'est pas ça le métier, et ils feraient mieux de se l'appliquer en premier. » Je n'ai pas vraiment compris cette allusion.

Accueil fuyant

J'atteins rapidement le bureau du directeur du pôle, sorte de ventre énorme sur un corps à peu près aussi large que haut, témoignant autant de son coup de fourchette que du volume de son carnet d'adresses. Volume, à défaut de qualité qui lui aurait certainement permis de manger plus diététique lors de ses repas d'affaires, d'avoir de meilleures relations en laissant un peu de soupe pour les autres.
Son regard sourit, mais je sens que tous ses radars et scanners me sondent et me placent déjà dans des cases où les euros viendront le récompenser de m'avoir embauché. Je ne le sens pas du tout mais tente néanmoins de prendre un air jovial, celui qui mêle la fausse humilité à l'empathie – spongiforme – et à la pseudo-sincérité, celui qui m'a permis d'obtenir 20 à l'oral d'anglais alors que le professeur hésitait à me laisser à 18.
Comme il se lève de son bureau, je crois qu'il va venir vers moi pour m'accueillir, je fais le chemin vers lui et, comble de l'ignorance – erreur

monumentale –, je lui tends la main ! Je lis sur son visage le viol dont je viens de l'outrager alors qu'il se dirige tout simplement vers son armoire pour y ranger un dossier. Je l'agrippe au passage car il a laissé un morceau de main à ma portée. J'apprendrai plus tard que, retors et manipulateur, son coup favori est de faire perdre contenance à quiconque entre dans son bureau.

SACRILÈGE ! Tu oses toucher un dieu vivant, l'homme qui porte des millions d'euros de chiffre d'affaires, celui qui a la plus grosse… voiture – mais pas la plus longue.

Habitué et magnanime, le gourou produit alors un véritable sourire de comédien d'une pièce de Molière face à un clystère. Il m'empoigne et me broie mes « five » : « Tu sais, ici, je te serre la main deux fois : le jour de ton arrivée et celui, le plus tard possible j'espère, de ton départ ». Il a provoqué cet incident pour capter ma réaction.

La suite de l'entretien, après ma bévue de la poignée de main, fut pour moi très difficile. Un quart d'heure. Pendant toutes ces longues minutes, je me suis dit que j'étais un nul sans aucun avenir, impulsif et incapable de percevoir les situations, malgré quelques compliments de sa part sur mes supposées qualités relationnelles et sur mes compétences. Je découvrirais plus tard qu'il ne pensait jamais tout ce qui était de la famille du compliment. Même son espoir de me voir rester le plus longtemps possible était faux.

Titus a quant à lui été accueilli par son responsable opérationnel direct, le chef méthodes et qualité. Il l'a d'abord emmené à la machine à café, l'a conduit dans le dédale des bureaux pour trouver le local photographie – en fait un bureau fouillis avec une imprimante de badges, un appareil numérique quelconque pour prendre les photos des nouveaux arrivants et une pile de paperasses qui prouve que l'informatique n'a pas encore gagné à tous les étages. Un mot est scotché sur la porte : « Je reviens dans cinq minutes », comme pour démontrer qu'il reste valide chaque seconde qui s'égrène, et de fait, Titus et son premier chef se retrouvent à poireauter pendant quinze bonnes minutes avant de repartir pour une nouvelle étape sympa : être présenté à tout le service – ou tout l'étage, ni Titus ni moi n'avons bien compris.

Il s'agit de faire le tour des bureaux et de rencontrer les nouveaux collègues, exercice de style peu agréable mais qui renseigne ceux qui sont déjà en place : ils vous repèrent et vous oublient ou vous trouvent comme ci et comme ça. Certains ont même déjà plein de choses à vous demander. Pour Titus, ce ne fut pas simple. Il commit l'erreur de tenter de mémoriser les noms qui allaient sur les têtes, a été tout de suite distrait par un décolleté, des présentations soit courtes et incompréhensibles – « Je suis Tartempion, responsable du MCO du CRM RDP » – soit longues et absconses, quelques paires de jambes et un sourire qu'il croyait prometteur alors qu'il s'agissait juste d'une consultante plusieurs fois mère de famille amusée par son air juvénile.

Il pensa alors que c'était cool – et pas si dur que ça – de travailler.
Toujours est-il que sa première journée fut plus sympa que la mienne.

Le reste de la journée s'est mieux passé, j'ai été accueilli par quelques anciens, dont une sorte de tuteur chargé de m'accompagner dans mon circuit d'arrivée. Je reste avec l'impression que cette journée fut la plus remplie de ma vie : présentations et courbettes respectueuses à un ou deux supérieurs, mais à aucun consultant parmi les dizaines qui bûchaient dans l'open-space au moment de mon passage. Mini-formation d'une heure sur la gestion des risques pour le Big, récupération du PC portable, configuration et formation accélérée aux nombreuses applications à utiliser.
Prise de photos aussi, avec un compagnon novice. Un jeune Antillais qui semblait vouloir en découdre – avec un costume impeccable – et que le photographe ne savait pas sur quel fond prendre, afin que la photo ne soit pas ratée ! Très fort pour un des plus grands cabinets du monde aux rouages parfaitement huilés. Le cliché s'est pris dans le hall, sur un horrible fond marron caca d'oie.
Récupération des accessoires du parfait James Bond : badge, clé 3G ou 4G, clé USB, souris, câble antivol, cartes de visite – eh oui, elles m'attendaient à mon arrivée –, porte-documents au logo de YI&Y – c'est le nom de mon Big.

Titus a fini par faire sa photo, le responsable du local fouillis et badges ayant terminé sa pause-café ou cigarette ou discussion du matin. Il n'a pas obtenu son PC, il faudra quelques jours. Son chef avait pourtant anticipé sa demande, mais il faut parfois jusqu'à quinze jours pour que la machine arrive ! Je me demande alors ce que va pouvoir faire Titus dans les jours prochains. De mon côté, si je n'ai eu aucun souci à être équipé, c'est que chacune de mes minutes représente un paquet d'oseille.

La pause déjeuner fut la bienvenue, j'avais la tête pleine d'informations dont je ne savais pas trop à quoi servait ne serait-ce que la moitié. Tous ceux qui m'avaient accueilli m'avaient souri dans la matinée alors que, chose frappante, la cantine ressemblait à un immense capharnaüm où chacun gardait sa contenance et ne se montrait pas du tout à la fête. Pour être franc, je comprenais enfin pourquoi les expressions désignant des personnages coincés étaient toujours au niveau du postérieur : il était évident que tous ceux que je croisais avaient au mieux des problèmes de digestion, au pire de constipation, voire de balai coincé quelque part. Je crois que les responsables de YI&Y devraient revoir les menus avec ceux de la cantine afin de... disons fluidifier les transits des employés.
Les choses se sont gâtées en début d'après-midi quand j'ai été convoqué à une méga réunion d'équipe – quelle équipe, je ne sais pas –, où l'ambiance était très tendue sans que j'en comprenne les raisons. Il était question d'améliorer l'efficacité commerciale et

de ne plus se tirer dans les pattes pour concentrer les forces vers l'objectif de gagner des missions « ensemble ».

Le discours me parut étrangement simpliste et de bon sens. Je ne comprenais pas pourquoi il fallait expliquer de telles évidences, du genre « il faut respecter, s'intéresser à son client, dialoguer avec lui, le rappeler, etc. ». Toutes les notions de jeu collectif, la capacité à se faire des passes, à adopter une attitude fair-play et polie envers tous les acteurs que l'on croise – du client à ses collègues – étaient remises sur la table comme si elles n'avaient jamais été respectées. Comment une aussi grande firme pouvait-elle avoir vécu jusque-là sans avoir observé ces règles de base ? Tout simplement parce que ses clients étaient prêts à tout accepter venant d'elle !

Titus, de son côté, a été servi en inepties. S'il n'a pas eu droit à une réunion officiellement planifiée, il a néanmoins pu remplir son agenda. Un « agité » lui est tombé sur le paletot pour lui indiquer ce qu'il avait à faire, comme lui reprochant d'avoir été absent alors qu'il n'avait pas encore été recruté. Il allait de sa responsabilité de répondre aux attentes de untel et untel, d'animer tel comité. Titus est retourné voir son chef, tout apeuré qu'il était d'avoir à gérer un sujet – on dit « piloter » – qu'il ne maîtrisait pas du tout. Le chef a légèrement temporisé, a consacré comme à contrecœur une heure à Titus pour l'informer des sujets en cours, avant de le lâcher avec une pile de documents à lire. Normal, quand on n'a pas de PC, on rame avec les ramettes de papier. Il a eu à ingurgiter des tas de choses qu'il ne comprenait pas, en raison de l'indisponibilité de son chef ce jour, comme ce serait probablement le cas tous les jours à l'avenir…

J'ai l'impression, à ce stade de l'aventure, que la différence entre un cabinet de conseil et le client final est… le temps — ou l'argent, si vous préférez. Dans mon Big, on est efficace – photo, récupération d'un PC, mise au travail –, mais on prend son temps. Après tout, même si on ne facture pas, l'impression est que l'argent attend bien au chaud dans les poches des clients. Il suffit d'être diablement bon une minute pour que la rentabilité d'une journée soit assurée.

A contrario, chez Titus, c'est l'impression de débordement qui domine. Chaque seconde qui passe est de l'argent qui fuit, de mauvais indicateurs de contrôle de gestion, des prestataires qu'il faut payer, des salariés qui doivent travailler le soir pour rattraper le temps perdu ou faire leur véritable travail, tellement ils sont accaparés dans la journée à piloter, manager, gérer, compter, et autres tâches pour lesquelles ils ne sont pas, mais alors ABSOLUMENT pas taillés, c'est-à-dire sans la moindre efficience.

Humanum est

Vous l'avez compris, il y a deux types d'humains dans le Big : les petits aspirants-génies et les seuls, uniques, géniaux, fantastiques, les vrais dieux vivants : les associés du cabinet, ou « partners ».
Cet être supérieur n'a de cesse de vous prouver que vous ne jouez pas dans la même cour que lui et qu'il tient son rang dans la mêlée de ses pairs. Il n'est pas obligé de vous dire bonjour, même s'il entre dans le même ascenseur que vous et vous bouscule pour que vous vous écrasiez dans un coin. Il peut vous accorder une poignée de main, mais uniquement pour vous décontenancer et pour que vous vous interrogiez longtemps sur la raison de ce geste.
Quand il ouvre la bouche, ce n'est pas pour dire une futilité. Péremptoire et sûr de lui, dans l'affirmation comme dans le questionnement, il a la posture qui convient à son rang. Il a, au travers de son statut, un avis ou une réplique sur tout. Une aura.
Le charisme que tous envient.

Le charisme qu'aurait un bidet si l'on écrivait dessus « associé » ou « partner ».

Nous sommes au garde à vous et tous envieux de cette position ultime qui signifie réussite et fortune à nos yeux.
Ce n'est qu'en me remémorant la scène de la poignée de main, le soir dans les transports, que je me suis demandé quels étaient ces êtres humains qui pouvaient se permettre de se croire tellement supérieurs qu'ils en venaient à imposer un code destiné à bien marquer cette différence qui les plaçait dans un « monde d'au-dessus ». Comment se fait-il qu'il puisse exister des êtres qui croient que leur simple position dans une hiérarchie assoit définitivement leur supériorité sur tous les plans, y compris humainement ?
Dans la journée, j'oublie tout cela pour rentrer dans le système. Chaque fois que je croise quelqu'un, je l'étiquette « associé » ou « consultant ». Je me demande quel est son rang. Je suis comme défiant, envieux, admiratif ou obéissant. Pourquoi ai-je été si fasciné par la figure tutélaire de l'associé, humain refermé sur lui-même, personnalité sans faille apparente ? Un modèle de confiance en soi. Une personne qu'on souhaiterait être.
La réponse allait progressivement se révéler à moi au cours de mon voyage initiatique : c'est justement parce qu'ils gomment l'aspect humain que ces gens survivent dans le système.

J'ai appelé Titus, sitôt rentré, pour un debriefing. Je lui ai fait part de l'extrême rigueur, teintée d'austérité, de la firme. Titus m'a répliqué que j'avais choisi et que lui, au contraire, « nageait dans l'imprécision et l'organisation floue ». Ce furent ses mots.

Il faut toujours quelques exemples pour que je comprenne, et Titus m'a raconté le décalage entre son arrivée et celle de son PC, l'assaut de son responsable qui le voulait immédiatement opérationnel, l'étrange impression laissée par son chef semblant toujours dire « ne nous pressons pas, prenons le temps de la réflexion » avec ses yeux de cocker. Timoré, son chef ? Ou plutôt dans une tendance naturelle de la grosse entreprise, celle d'une certaine pesanteur ? Ou alors pas à sa place ? Ce furent les interrogations de mon pote qui se demandait franchement comment s'adapter à ce fonctionnement.

— As-tu repéré des consultants ? ai-je demandé. Y en a-t-il du Big chez vous ?

— Je pense les avoir repérés avec leur costard sombre et leur air hautain ; ils te croisent sans dire bonjour. Ils ont l'air de masquer leur solitude et leurs faiblesses par cette posture. De mon côté, je crois que la cravate est de trop, je vais bientôt arriver beaucoup plus cool, je crois que je vais pouvoir revendre mes costumes !

À mon tour, j'ai raconté à Titus mes premières impressions.

Les associés entraînent dans leur sillage toute une hiérarchie de subalternes qui les imitent, chacun parlant sur un ton d'associé, chacun pensant détenir la vérité et être un cador. Les thuriféraires d'obscurs gourous.

Il n'y a ici aucun ascenseur social, contrairement à ce qu'on pourrait penser. Nous sommes, jeunes consultants, au pied d'une échelle où chaque barreau sera durement grimpé quand il n'est pas vermoulu. Les premiers échelons sont les plus simples car il n'y a pas le vertige et l'on est tiré par ceux qui sont deux ou trois échelons au-dessus. À mesure qu'on monte, il faut se débrouiller seul et le vertige des roueries commence à poindre. Il faut alors composer avec tous ceux qui attendent votre chute, la souhaitent même.

Tout en bas, l'honnêteté et le mérite peuvent encore payer. Mais il faut vite intégrer la nécessité de se « mettre en visibilité », c'est-à-dire obtenir reconnaissance de son travail et montrer qu'on travaille bien et beaucoup. Il y a pour cela le hasard : travailler pour les bons responsables, ceux qui ont un avenir dans la firme. À défaut, il faut conjurer le mauvais sort et changer de monture.

Il faut brasser de l'air pour affirmer ses capacités : participer à nombre de tâches ingrates et s'en tirer avantageusement pour vite les refiler à plus novice que soi et… s'en glorifier. Il faut être inclus dans des réponses à appels d'offres de la part des clients, contribuer à l'animation du cabinet en effectuant des présentations lors de réunions.

Il nous a vite semblé, à Titus et moi, que ce mode de fonctionnement ne se reproduisait pas tout à fait – du moins pas à tous les niveaux – dans l'entreprise « traditionnelle ». Il y aura certes toujours des intrigants, des carriéristes et des agités prêts à faire des sales coups, mais il semble que les règles dépendent à chaque fois de la société et de sa culture interne. Aux entreprises désorganisées les employés ramollos. Aux plus strictes, où le moindre faux pas peut conduire à la sanction, le personnel sur le qui-vive.

J'ai croisé des associés en pagaille. Celui qui m'a accueilli, le fameux hitler, vous est déjà familier. Je ne mets pas de majuscule à ce nom pas très propre. J'ai décidé de reprendre tel quel le surnom qui a été attribué au plus grand des plus grands : le partner en chef, responsable de toute la branche conseil.
Mais les personnalités sont très variées. Chacun garde sa contenance à sa manière dans une sorte de grand théâtre d'improvisation sur une scène très large. Le chocoteux est emblématique de ceux qui ne savent pas cacher leurs angoisses parce qu'ils n'ont pas la carrure du poste. Il y a aussi bon nombre de gentils, bienveillants, et c'est tant mieux. Il y a toute une galerie de portraits comme le viticulteur, le politique, l'économiste, l'intrigant, le coureur de jupons, le magouilleur, le businessman et le paternel. Nous croisons aussi des femmes, bien que la parité soit loin d'être la règle. Certaines ont les dents très longues ou sont redoutables.

Vous avez certainement compris qu'appartenir à un des Big Four représente un sommet. Une preuve en est, pour le commun des mortels : son nom !

Mon Big à moi s'appelle « YI&Y » car il tire son nom de l'Histoire – avec un « H » majuscule bien sûr. J'aurais bien aimé vous parler des fondateurs d'un petit cabinet devenu grand, « Youngfellow & Iseult », qui a fini par acheter un concurrent majeur suite à un séisme – que dis-je, tsunami – qui a ravagé le monde des gros Bigs à la préhistoire ! Youngfellow et Iseult s'est adjoint le nom de Yznottoobad. Pour ceux qui suivent encore, ça a donné après léger remaniement et compression : « Youngfellow-Iseult & Yznotoobad ».

Bref, seuls les associés émérites, adroits de la langue et intransigeants prononcent le tout d'un seul souffle. Pour le commun des mortels, c'est « YI&Y », qui se prononce avec un accent anglais – et non américain, quelle horreur – « Ouaille Aille and Ouaille », ce que d'aucuns – mauvaises langues et mauvais clients – abrègent et écornent en « Ouaille Aïe Aïe » !

Nos concurrents sont tout aussi simples dans cette approche du choix du nom. Comme vous le savez, le monde des Bigs, c'est tout d'abord des hommes et leurs noms, grandioses, mythiques. Des noms à dormir dehors, qu'il faut prononcer à l'anglaise. Commençons par feu Arthur Andersen, trépassé pour faiblesse dans la gestion des risques ou l'abus de confiance de ses partners.

Il reste quatre grands noms, dont le premier à mon sens : Deloitte. Certains partners prononcent à l'anglaise : « del'oil'tt ». Tous regrettent l'ancien nom : « Deloitte Touche Tohmatsu », le côté japonisant le rendant so different.

Vient ensuite le nom sobre, tellement sobre sous ses initiales faussement simples : KPMG. Vous aurez compris qu'on peut prononcer « Képi Aime Ji ».

Puis le top du top en matière de nom, qu'il faut absolument prononcer « i-ouaille », comme si un associé vous avait écrasé le pied délibérément. Ce sont en effet les initiales d'Ernst & Young, ce qui est toujours mieux que Albert & Vieux.

Enfin, le plus drôle est PwC, anciennement « PricewaterhouseCoopers » avec une majuscule au milieu, siouplait ! Ils ont viré Lybrand et tous les autres qu'ils ont rachetés pour mieux les désosser. C'est pourquoi ce petit dernier a un nom à coucher dehors, mais que les initiés et les autres l'appellent familièrement « price », un véritable nom de leader !

Titus voit ces cabinets de conseil et autres sociétés de services se battre aux portes des « grands comptes », les gros clients. Son chef lui a indiqué qu'il y avait de grosses négociations avec les achats pour différents appuis, dont ceux concernant sa cellule méthodes et qualité. Titus a vite repéré les « bons » consultants, mes collègues de YI&Y, mais n'a pas pu leur parler pour leur demander s'ils me connaissaient. Cela dit, même quelques jours après le début du job, je ne connaissais qu'une infime partie des consultants du cabinet, la plupart étant en mission à l'extérieur. Je ne suis moi-même resté que quelques jours sur place avant de commencer à bourlinguer – en fait être baladé – de client en client. Chez Titus, point de balades. On lui parle d'un stage ouvrier sur le terrain et ça l'enchante moyennement, étant donné qu'il a déjà effectué quelques boulots d'été et stages d'école sur des chantiers BTP et dans une unité de production de semences. On lui annonce que son stage sera soit dans un port géré par sa société – où il devrait voir passer pas mal de containers – soit à l'étranger sur un chantier de rénovation d'un canal. La direction n'en a pas encore décidé.

Des organisations, désorganisations

Au royaume des aveugles, les borgnes sont rois. Chez nous, les aveugles sont les consultants, les borgnes sont les managers qui les gouvernent dans une joyeuse pagaille. La pyramide est plutôt étrange. Il y a un paradoxe évident : beaucoup trop de chefs semblent s'agiter dans tous les sens, nous mettre le grappin dessus et se tirer dans les pattes de manière aussi feutrée que la moquette de l'étage des gourous. Il y a trois niveaux avant de devenir dieu vivant de second ordre, c'est-à-dire manager. En ce qui concerne le niveau de dieu vivant de premier rang – associé –, environ quinze à vingt ans seront nécessaires pour espérer l'atteindre, après un parcours sans faute.
Une fois le niveau suprême atteint, il y a encore toute une hiérarchie obscure qui fait que l'on peut partager ou non les bénéfices de la société, décider ou non des grandes orientations, coucher ou non avec… Hum, je voulais dire augmenter ou non son

périmètre d'influence autant que le salaire des castes « inférieures », avoir ou non une belle voiture permettant – ou non – de loger toute la progéniture officielle – ou pas.

Je suis dans un système à la logique floue où même les émules de Kafka ne se retrouveraient pas. Il est imaginé pour contenter les chefs. Tout consultant est affecté à une compétence, en fonction de ce qu'il sait faire, bien évidemment, mais surtout en fonction de ce qu'il a déjà réalisé sur une mission ou deux et des besoins « du marché ». Par exemple : compétence ressources humaines, marketing ou informatique.
Ensuite, il est rattaché à un supérieur hiérarchique en fonction de la mission qu'il effectue.
Puis il est affecté à une catégorie de clients en fonction des domaines économiques sur lesquels il a travaillé – banque, télécommunications, automobile, etc.
Enfin, il est rattaché à une direction opérationnelle qui est l'entité chargée de le gérer, de l'affecter à une mission.
Un consultant est donc un objet accroché par des coordonnées à une matrice à près de quatre dimensions, souvent perdu dans un nuage de points et ne se sentant finalement nulle part. Car chaque dimension de la matrice a sa propre animation, ses responsables, son suivi d'objectifs, de profits et de pertes. Le consultant est donc partagé par plusieurs chefs. Il est toujours sous pression et ne bénéficie d'aucun temps mort dans le cadre professionnel.

Me concernant, je suis donc un objet ayant été rattaché à une compétence « conduite du changement » dans le milieu « finances » de la direction opérationnelle « banking ». Si c'est à peu près cohérent, je me demande toujours comment j'en suis arrivé là.

Chez le client, l'organisation n'est pas tellement plus lisible. Il y a en effet beaucoup de monde à différents niveaux, et Titus est totalement perdu dans les organigrammes qu'on lui a imprimés pour le faire patienter. Il comprend à peu près qu'il y a une DSI, c'est-à-dire l'informatique, une direction financière, une direction technique – technique de quoi ? –, des directions opérationnelles aux noms qui ne lui évoquent pas grand-chose. Et, au sein de chaque direction, il y a des dizaines de services avec chefaillons et entités transverses ou « support ». Le tout est expliqué dans un document de quatre-vingts pages, dans lequel Titus est bien content de retrouver les noms qu'il entend à longueur de journée : « Le projet a été approuvé au plus haut niveau par Macheprot, c'est te dire s'il est en visibilité ! »

Il se murmure cependant qu'une réorganisation est en cours. Ça tombe mal pour Titus qui a fini par retrouver Macheprot ainsi que son chef dans le document. Le pauvre, il s'était mis en tête d'apprendre l'organigramme à partir des noms qu'il connaissait, en cercles concentriques. Étrange méthode qu'il revendique, presque la quadrature du cercle tant ces organigrammes sont rectilignes. Son objectif est d'apprendre et tenter de comprendre, car un impair pourrait rapidement survenir.

En fin d'après-midi de cette première journée, ils ont été deux ou trois à m'accueillir avec des museaux de requin qui n'aurait pas vu la paroi de son aquarium et en aurait heurté les vitres épaisses. Vu la taille de leur cerveau et leur programmation de tueur, ils m'ont tout de suite calibré en tous sens pour savoir ce qu'ils pouvaient croquer sur mon dos. L'un d'eux employait des mots incompréhensibles et avait un rictus condescendant dès que je lui demandais des explications, ce que j'ai vite arrêté de faire. « L'homologation d'applications ? C'est la recette qu'on réalise suite à l'intégration et avant de prononcer VABF et VSR. Je dois comprendre que tu n'as pas eu l'occasion d'en faire ? » Non, mon gars, mais tu as raison, je crois que je vais faire un procès à mes parents et au directeur de mon école qu'on a payée assez cher.

J'ai heureusement été contacté par un autre chef, puis un dernier dans la journée. J'ai passé une multitude d'entretiens. L'un de mes interlocuteurs, qui avait à peine dix ans de plus que moi, m'appelait « mon grand » à tout bout de champ. Ce ton paternaliste me plaisait bien au début, du moins tant que ce manager me paraissait horriblement vieux par rapport à moi. J'ai fini par trouver que, si grand chef qu'il se la jouait, ce positionnement devenait vite agaçant.

J'ai dû passer cinq entretiens en tout dans la journée, les trois derniers étant les bons, pour une mission dans un grand groupe industriel : d'abord, un jeune manager qui avait l'air relativement sympa m'a demandé ce que je savais faire. Il m'a ensuite décrit une mission et je n'ai rien compris de ce dont il retournait. Un associé nous a ensuite rejoints, l'air de brasser plus de dollars que les autres – mais en fait c'était de l'air qu'il brassait en plus grande quantité que les autres.

Ils m'ont ensuite jeté dans les mains d'un jeune manager qui a essayé de m'expliquer plus clairement ce que j'aurais à faire. « Tu montes sur une mission de PMO ». Monter ? Je trouvais ça cool qu'elle soit un étage au-dessus, la vue y serait certainement plus belle… « Ça consiste en une assistance auprès du client pour piloter un projet de mise en place d'un SIRH ». Je lui ai demandé ce que j'aurais à faire au quotidien. « Tu seras en appui dans une équipe interne de trois consultants. Il y a plein de choses à faire : prévision budgétaire, plannings, coordination des acteurs, animation des comités, préparation des supports, rédaction des comptes-rendus… »

En à peine une demi-journée, je suis passé du statut de boulet pour la société à celui de jeune loup prêt à en découdre, avec mon paquetage et l'adresse de mon client, prêt à rapporter un max de pognon à ma boîte dès le lendemain.

Ce n'est pas trop l'école des potaches dans la firme et je crois même que hitler est le seul à avoir un surnom. Comme il est loin de pouvoir rivaliser avec

l'original, je pensais l'écrire avec un « H » majuscule inversé, mais cela donne toujours le même « H » majuscule !
Il est extrêmement simple de savoir pourquoi il est parvenu à se faire affubler de ce sobriquet. Vous vous souvenez que c'est lui qui m'a recruté et n'aime pas, mais pas du tout, la vulgaire familiarité que représente la poignée de main entre un être supérieur et l'insignifiant qu'il méprise.

Et chez Titus, me direz-vous ? Les tyrans sont-ils les mêmes ? La question est plus délicate, car Titus n'aura pas à leur parler avant longtemps. Invisibles, perdus à N+Moquette étages de hiérarchie, il est impossible de dresser leur profil autrement que par ouï-dire. Il lui faut juste faire un peu attention à ne pas bousculer tout le monde dans l'ascenseur ou à la cantine, chacun étant potentiellement un supérieur hiérarchique capable de briser ou de propulser sa carrière. Comme il ne sait pas encore reconnaître les élus, il agit avec prudence, faisant particulièrement attention aux cheveux grisonnants – car il en a vu bon nombre dans un trombinoscope du top management. Il sait observer lorsque son chef sort un « bonjour » distrait face à un collègue, salut qui devient déférent, à la limite de la courbette dans les cas les plus intéressants.

La mission

Ca y est, je débarque chez mon premier client. « Euh, vous ne me présentez pas aux autres, il y a un monde fou à cet étage ? » « Pas le temps », me répond-on à la machine à café où nous sommes quatre du Big. Trois costumes sombres et une fille en tailleur austère qui parlons à voix basse. Le paysage est truffé d'ennemis : des consultants d'autres boîtes et des clients. Bref, que des gens qui jalousent notre suprématie intellectuelle et notre « bizness », c'est-à-dire le business, les affaires. Nous formons un beau groupe compact, hautain et inaccessible, c'est en tout point conforme au niveau de la mission que nous menons ici : aider ce client à s'organiser avec des conseils et un savoir-faire uniques sur la planète.

De mon côté, je ne vois pas comment je pourrais prétendre à ce niveau, vu que je ne sais rien faire de particulier. Mais je ne vais pas tarder à comprendre que les autres non plus. Chacun faisant preuve de surestime de soi, le niveau de maturité affiché est dès

lors grandement rehaussé. Chaque consultant en impose donc comme s'il avait dix ans d'expérience de plus qu'il n'en a réellement. Il suffit de parler d'un ton assuré et c'est embobiné !
Bref, pas de présentation aux autres, le client me connaîtra bien assez tôt et les consultants des autres sociétés ne tarderont pas à me trouver s'ils ont besoin de moi.

Je pense à mon cher Titus qui a été présenté à tous ses collègues, internes comme consultants externes. Il n'en a gardé aucun souvenir, ni des noms ni des têtes – à part les plus charmantes – malgré tous ses efforts. Mes collègues vont se concentrer sur les présentations aux personnes les plus importantes : les vraies figures côté client – le commanditaire, quelques directeurs triés sur le volet – et tous nos ennemis – les internes, jugés peu importants, mauvais ou nuisibles, les externes qui sont classés selon les mêmes critères, dont ceux qui nous ont déclaré la guerre. Dans le cas des ennemis, nous avons réduit le nombre de poignées de main et évité beaucoup d'entre eux, sauf lorsque les kamikazes nous ont fondu dessus à la machine à café.

Il y a déjà un type qui m'est tombé sur le costard dans la matinée. Il n'est pas de ma boîte et a tenté de me faire découvrir que j'étais chargé d'un sujet. Je ne comprenais rien à ce qu'il me disait. Ça m'a rappelé Titus. Décidément, l'histoire se répète plus souvent qu'on ne le croit. Il m'a expliqué pendant près d'une heure ce qu'il faisait, ce qu'il attendait de moi. Je lui

ai donné le change comme un consultant de dix ans d'âge, mûri en vieilles barriques de xérès. Une fois qu'il a été parti, je me suis rué sur mon manager – qui réapparaissait opportunément d'une réunion de lobbying auprès du directeur général – pour lui rapporter ma mésaventure. Je n'ai pas eu le temps d'ouvrir le bec qu'il m'a demandé très sèchement :
— Que te voulait-il ?
— J'ai pas bien compris, il voulait que je… et que je…
— Stop. Il me semble que je dois t'expliquer certaines choses. C'est vrai que je n'ai pas eu le temps de te briefer, mais je trouve que tu fais déjà pas mal de boulettes…
— Des boulettes ?
— Après avoir parlé si fort à la cafet', tu te laisses embrigader en réunion et te prends une liste de courses d'un blacklisté.
— Mais c'est un client !
— Peut-être, mais ce mec est sur la touche, limite placard. C'est un boulet et ce n'est pas lui notre commanditaire. S'il a besoin de quelque chose, il nous le demande par la voie officielle, en COTRO du mardi à 19 h. De toutes les manières, c'est nous qui lui demandons les choses, pas l'inverse, il faut qu'il le comprenne !
— Bien, d'accord. Au fait, il m'a indiqué qu'il avait préparé quelque chose suite à ta demande…
— M'en fous, poubelle. Il n'avait qu'à le transmettre en bonne et due forme. On dit qu'on n'a rien reçu d'exploitable et il va se le prendre dans les dents. Ça lui apprendra à passer en douce.

— Bien. Bon. Au fait, il paraît que je suis chargé du sujet ?
— Tu es chargé des sujets que je te donne, un point c'est tout. D'ailleurs, prépare-toi, tu es mobilisé pour la préparation des supports du COTRO, du COPIL, du CODIR, du COCOCO et du COSTRAT, tu ne vas pas avoir le temps de t'emmerder avec les blaireaux !

J'ai aussitôt compris une seule chose : j'étais enfin bizuté !

Bon, j'ai un peu galéré au début. Il est vrai que je n'avais pas forcément la bonne posture. Je me croyais encore dans les couloirs de l'école quand on commente tout et qu'on refait le monde. Je n'y étais pas du tout. Ambiance feutrée, nous travaillons au niveau du DG – directeur général – et du DSI – informatique –, ce n'est pas rien. D'ailleurs, leurs bureaux sont au même étage que les nôtres. Comme ça nous les avons sous la main pour leur donner des conseils, à moins que ce ne soit l'inverse. C'est vrai qu'ils peuvent aussi avoir des choses à nous demander en dernière minute ou des questions à nous poser.

Je suis vraiment content d'être sur un sujet stratégique. Cela ne se croise pas deux fois dans une carrière, c'est un consultant senior qui me l'a annoncé sur le ton de la confidence. Il est évident qu'il reste accroché à son poste comme la petite vérole sur les armées d'aliens après l'invasion du Bas Bouchonnois.

J'ai la chance de travailler avec lui à la crème des missions : le COCOCO. Désolé pour tous les sigles. On reconnaît la grandeur d'un projet – et la fortune du cabinet de conseil en appui – au nombre de strates de comités qui y sont greffées. Il s'agit de réunions s'adressant à des personnes d'horizons et d'étages de décision différents. Et notre programme a un tel niveau qu'il faut bien organiser tous ces comités. C'est le rôle du Comité de coordination des comités, le fameux COCOCO, instance rare dont la durée varie de quelques semaines à quelques dizaines d'années.

Il paraît que celui qui a inventé ça et l'a vendu au client a été promu associé avec parts dans le capital pour son innovation – certains diront trouvaille –, fruit de nombreuses années d'efforts, et passe désormais la moitié de son temps dans son vignoble bordelais. Je ne l'ai jamais vu.

Notre rôle est de coordonner. Nous sommes chargés de faire en sorte que toutes les informations attendues dans chaque comité soient délivrées dans les temps. Notre travail, pour être plus précis, consiste à produire des documents servant de support à la présentation effectuée dans chaque comité.

Notre travail, c'est la stratégie – ce n'est pas moi qui le dis. Enfin, plutôt son bras armé, la tactique, ou plutôt son secrétariat, le PMO. Le principe du « PMO » – Project Management Office – est très simple. Nous demandons d'abord aux opérationnels – ceux qui font le vrai travail – quel est l'état d'avancement de leurs sujets – informations recueillies au cours d'un COPROJ : comité projet - et nous écrivons tout cela en langage intelligible par le niveau supérieur – leurs chefs –, c'est-à-dire que nous l'épurons de toute technicité.

Le document réalisé permet à un premier comité d'avoir lieu : le COPIL – comité de pilotage. À l'issue du COPIL, on corrige et surtout on allège et réduit la sauce pour passer au comité de niveau supérieur, le CODIR – comité de direction. Viennent ensuite le COSTRAT – comité stratégique – et le fameux CA – conseil d'administration. Il y a donc cinq niveaux de comités et des centaines d'heures de travail mensuel. Le coût total a été estimé à 500 000 euros s'évaporant tous les mois pour assurer la seule préparation et tenue des comités. Une seule séance coûte en elle-même entre 10 000 et 30 000 euros au client, l'essentiel en honoraires pour le Big.

J'ai mis du temps à comprendre la bonne marche des opérations. J'ai fini par retenir un principe simple : plus on monte dans la hiérarchie des comités, plus les participants sont gradés, donc âgés. Ils ont donc la vue beaucoup plus basse que les membres du comité de niveau immédiatement inférieur. C'est pourquoi l'on écrit avec une police de caractères de cinquante pour cent supérieure à celle du comité précédent. On finit par arriver à des « slides » de présentation qui ne comportent, au sommet de la pyramide, que deux paragraphes.

C'est une méthode très simple qui convient à tout le monde, chaque niveau pouvant ainsi cacher à ses supérieurs des vérités désagréables – retards, dérapages budgétaires – car il n'y a vraiment pas la place d'entrer dans les détails. Les niveaux supérieurs y trouvent aussi souvent leur compte : la tranquillité préservée. Pour quelque temps au moins…

Toujours sur un petit nuage malgré ma position subalterne au sein de la mission, les mécontentements de mon manager et les griefs de mes collègues, je découvre avec joie que je ne suis pas en bas de l'échelle du consulting : sous moi se trouvent tous les petits des autres cabinets – la plupart ayant des noms que je n'avais jamais entendus auparavant. Il y a surtout quelques stagiaires du Big sur lesquels je pourrai prochainement exercer mon pouvoir. Ces derniers, vendus comme des consultants débutants – c'est-à-dire comme moi –, sont les fourmis les plus chères du monde. Avec leurs petites pattes, elles sont chargées de photocopier – oui, vous avez bien lu ce verbe archaïque du XXe siècle –, scanner, archiver des documents tout au long de leur journée. Ces juniors effectuent aussi des rapprochements, c'est-à-dire qu'ils vérifient que des factures sont bien listées dans un document papier qui est une photocopie de photocopie de photocopie. Interdit de faire de l'électronique, il faut pointer avec des stylos sur les feuilles grisées par les copies successives ! Pauvre humanité : pour poursuivre l'ascension, il faut parfois savoir redescendre…

Comment peut-on facturer aussi cher un client en lui plaçant des personnes aussi jeunes sur les missions qu'il nous confie, me demanderez-vous ? En ne fournissant que des têtes bien faites et bien pleines qui sauront vite s'adapter à la situation. Apprendre toutes les postures du consultant, la retenue nécessaire, le sérieux et la capacité à parler comme un professionnel de sujets dont il ne connaissait rien avant de monter sur la mission. Ce sont des prouesses réalisables grâce à un système comme celui du Big. Ma plus grande surprise s'est produite lorsqu'un client, qui paraissait bien plus âgé que mon grand-père, me posa une question complexe lors d'une entrevue où ni mon manager ni mon partner n'avaient pu venir.

« Que croyez-vous que je doive faire ? » avait-il demandé, désemparé comme un héraut venant de se prendre un coup de masse d'armes d'un chevalier teutonique, le heaume écrabouillé comme une canette de soda sur un crâne déformé.

Il était trop accaparé par sa question pour lire sur mon visage ma stupeur et ma gêne. Comme je n'aime pas laisser un blanc dans la conversation, j'ai aussitôt échafaudé un discours qui démarra très mal. M'en rendant compte et récupérant mon sang-froid, je lui ai demandé d'oublier ma première phrase et me suis ressaisi. Concentré au maximum, baissant les yeux, je me suis mis, tout en parlant, à penser à ce que j'allais dire par la suite. Je me suis surpassé, quoi. Mais impossible d'avoir été pertinent. C'est ça, être consultant : avoir juste trente secondes d'avance sur ce que va demander le client.

Mon verbiage ressemblait à peu près à cela :
« Vous comprenez, il y a plusieurs façons de prendre le problème. La première… »
Je vous épargne la suite. Il y avait trois possibilités, dont une à éliminer d'emblée et deux qui devaient me permettre de tester le client et déterminer ce pour quoi il était mûr. Notre conversation s'acheva sur une fort belle conclusion-dérapage de ma part : « Dans votre situation, un certain niveau de remise en cause, et par conséquent de refonte de votre organisation, me semble indispensable ». Le client m'a alors regardé, perplexe, et je ne saurai jamais si c'était parce qu'il était en train de se dire qu'il était ahurissant d'entendre des stéréotypes pareils – ce que j'aurais pensé à sa place – ou si j'avais réellement réussi à lui insuffler la piste d'un certain niveau de remise en cause.
Je n'aurais jamais dû me retrouver seul face à un client d'un si haut niveau. J'en suis sorti avec la ferme idée que les clients étaient fort démunis et que le bon sens pouvait avoir raison des pires problèmes… tout en restant étonné qu'il se trouve autant de clients prêts à nous payer aussi cher pour entendre quatre-vingts pour cent de poncifs pour vingt pour cent de vérités. La fameuse loi de Pareto, invoquée par les consultants qui n'ont rien à dire.
Ah, que c'est beau d'être consultant !

Voir du pays

Les voyages forment la jeunesse, dit-on, et Titus a bien été formé ! Il aime les dépaysements. Trek en Mongolie, cueillette en Nouvelle Zélande, inhalation de produits locaux en Inde, sans oublier des aventures sur les deux continents américains. Il ne connaît pas bien l'Afrique, en dehors du Nord, mais sa société devrait lui permettre de réparer cette lacune.

En attendant, c'est un homme heureux. Il a été chargé de porter la bonne parole de la mission qualité dans toutes les directions régionales de France. Lorsqu'il est en déplacement, j'ai droit à un appel de sa part quasiment tous les soirs. Le premier eut lieu après 22 h 30, car auparavant il dînait avec un « vieux » consultant qualité, raseur de première, qui lui avait expliqué comment il avait refait le monde et comment il allait bientôt transformer l'entreprise.

Premier constat : tous les consultants qualité sont vieux, disons au moins vingt-cinq ans de plus que nous ; une génération. Nous n'avons donc pas les mêmes chromosomes. Eux génération X, comme Billy Idol – c'est le vieux consultant qui le dit avec un sourire que Titus ne comprend pas –, nous génération Y. Un peu comme Tarzan et Jane, deux mondes que tout sépare.

Cet âge vénérable s'explique par le fait qu'il s'agisse d'une mission « qualité », qui est certainement un domaine où il faut des années pour ingurgiter toutes ces normes et acquérir la sagesse. Des années qu'il faut faire payer aux entreprises. Il dit : « valoriser auprès des entreprises ». Il faut aussi une bonne capacité à exposer tant de choses si rébarbatives au client.

Le consultant et Titus vont indiquer aux responsables régionaux comment travailler. Cela va prendre de longues heures d'explication, suivies de longues journées de mise aux normes. Puis les régions pourront être contrôlées… par ce même consultant !

En tant qu'interne, Titus est chargé de l'accompagner. Cela fait office de sortie terrain et d'appropriation de la culture de l'entreprise. Ça doit être très sympa : Vierzon, Charleville-Mézières, Hendaye, Limoges. Il y en a certaines que je ne savais que difficilement situer sur la carte. Probablement jamais eu de catastrophe naturelle, de tueur en série, ni de festival d'électro ou de symphonic metal.

Il a commencé par Dijon, dont il n'a pas profité, empêtré qu'il était avec son consultant. Une fois la journée terminée – présentations magistrales et ateliers avec des employées rétives – il s'est mis en quête d'un restaurant tendance et cool pour le dîner. Objectif : claquer l'enveloppe budgétaire à laquelle il avait droit. De guerre lasse, il a laissé le vieux choisir, car jamais rien ne lui convenait. C'était : « Du chinois ? J'aurais vraiment l'impression de manger mon chien, je risque de mal dormir » ; « Du japonais ? Mais tu n'as pas peur des vers dans le poisson cru ! »

Une fois qu'ils furent installés dans une brasserie tristounette et après avoir longuement écouté le consultant disserter sur les vins de Bourgogne, Titus dut procéder à une dégustation. Le vénérable Monsieur, soi-disant connaisseur, avait commandé une bouteille complète. « Tu comprends, dit-il, j'ai un forfait repas pour le soir, et je mets un point d'honneur à en dépenser la totalité. Je prends la note jusqu'à mon plafond et toi, tu prends le reste, petit. » Titus s'est tout de même retrouvé avec pour plus de dix euros de vin qu'il se fera difficilement rembourser, et environ un quart de bouteille à boire alors qu'il n'aime pas vraiment le vin et préfère la bière ou le champagne. S'y ajoute un mal de crâne pour l'accompagner durant toute la journée et le voyage du lendemain.

Il aime l'alcool et l'ébriété qui va avec, mais en meilleure compagnie.

L'autre a bu tout seul en parlant et postillonnant des morceaux de charolais sur Titus. Mon ami s'est juré de trouver une parade pour éviter ces soirées lors des prochains déplacements, vu la série sans fin qui leur était promise.

Ce premier soir, il était pressé de retourner dans sa chambre d'hôtel et d'y tester le Wi-Fi et les chaînes câblées spécialisées dans la chasse, l'hameçonnage… et surtout les traditions humaines. Si l'offre de l'hôtel devait s'avérer trop pauvre, il disposait d'un outil pour détourner les protections limitant l'accès des clients à certains sites. C'était l'affaire d'une heure au plus et il aurait de tout petits yeux le lendemain. Mais Titus sans son air toujours fatigué, ce n'était pas Titus.

Durant une des réunions du lendemain, quand il ne regardait pas l'heure sur son smartphone, il se demanda ce qu'il allait inventer pour éviter les dîners avec son boulet : une tante locale, une fête entre amis, un concert d'Eddy Mitchell – mauvaise idée, car son consultant avait les cheveux gris et pourrait fort bien le suivre –, une bonne intoxication alimentaire…

Dans le train du retour, Titus crut futé de se réfugier dans la lecture d'un magazine informatique ramassé au bureau. Son consultant senior, à ses côtés, respirait si fort après une journée stressante que les autres passagers semblaient prêts à aller chercher le défibrillateur à la voiture-bar. Il bougeait malheureusement encore et avait conservé quelques facultés mentales.

À peine la première page ouverte, il se mit à commenter au jeunot le titre de l'éditorial. Il grinçait ainsi : « Ces chiffres sont sous-évalués, c'est certain ! » Titus commit l'erreur de commencer à discuter. La double page suivante, celle des brèves, contenait peut-être une dizaine de titres. Il les commenta tous tandis que Titus tentait de lire certains articles. Et ce fut un déballage de grandes idées en tous genres, de propos décalés ainsi que de fadaises incompréhensibles. Il aurait fallu s'accrocher pour suivre. Titus, comme mû par le défi, tourna les pages une à une et eut droit, jusqu'à la dernière, aux commentaires éclairés et passionnants de son boulet.

Pas question d'abandonner. Aucun des deux hommes n'était du genre à s'avouer vaincu le premier. Titus tenta même de lire un article qui l'intéressait un peu parce qu'il descendait dans la technique, chose qu'il maîtrisait si peu. Il était question de grappes de clusters, de travail en grille dans les datacenters virtuels. Et que croyez-vous que fit le consultant ? Il commenta ! Ses propos auraient même pu paraître pertinents à un novice qui aurait écouté ce monologue. Il avait un avis sur tout, et sans aucun doute un vernis sur tout. Il avait surtout déjà lu le magazine au bureau, avant de partir ou lors d'une pause rapide.

La prochaine fois, Titus tenterait de dormir ou d'écouter de la musique, ou les deux, c'est-à-dire un truc bien personnel. Car il lui serait impossible de travailler ou de faire semblant, l'autre surveillerait son ordinateur. Confortablement assis sur son fauteuil, capable de passer trois heures sans rien faire lors d'un voyage, incapable d'exprimer ou de ressentir la moindre émotion ou fatigue, c'était sans aucun doute un robot !

Une sacrée culture d'entreprise

J'ai lu quelque part que la puissance d'une armée se mesure au mécontentement des troupes – et c'est là qu'Obélix devenu légionnaire doit renifler, dépité, sa gamelle contenant son dîner, pour annoncer que l'armée de César doit être extrêmement puissante.
Dans le Big, tout autant que dans la boîte de Titus, la culture d'entreprise est inculquée de manière insidieuse. Au Big, pas besoin de piqûre : ou tu acceptes de te laver le cerveau, ou tu pars. Chez Titus, c'est un peu différent. Tout est fait pour qu'on ait l'impression de maîtriser un métier bien concret, même si on ne voit jamais ni bateau ni port. Par exemple, Titus est dans une filiale de transport terrestre, dont le métier est annexe et sert le métier principal. Il a néanmoins pour mission tacite d'adhérer aux valeurs de l'entreprise dans sa globalité et se féliciter de ses succès maritimes. Toute la communication est là pour l'y aider.

Comment motiver les troupes lorsqu'elles ressentent un ras-le-bol, empêtrées dans leur métier et incapables de relever le nez du guidon ?
En organisant une plénière !
La plénière est une réunion qui se tient avec la totalité des effectifs d'une entité. Et pour réunir plusieurs dizaines, sinon centaines de personnes, il faut sélectionner un site suffisamment grand et annoncer un programme alléchant, proposer un horaire qui satisfasse le plus grand nombre sans pénaliser le business de tous ceux qui sont en clientèle et enfin un orateur, meneur hors pair : j'ai nommé hitler.
En général, le lieu est sympa, peut se trouver dans le bois de Boulogne, dans un grand hôtel parisien ou un peu plus au vert. Le programme annoncé est toujours très simple : présentation des chiffres du semestre écoulé et des objectifs de l'année en cours, suivie d'une séance de questions-réponses. Le principe est de ménager une légère surprise, sans l'annoncer pour ne pas rebuter les timorés ou les râleurs. Il peut s'agir d'un bref atelier de brainstorming avec restitution en public ou d'une présentation d'un intervenant extérieur.
Afin d'assurer un succès en termes de participation, la dictature a prévu les moyens : tous ceux qui ont refusé l'invitation se voient gratifiés d'un premier appel téléphonique de la part d'une assistante pour en connaître les raisons. Normalement, tout le monde peut se libérer pour commencer à 17 h 30 tout en facturant la journée complète au client, la réunion pouvant commencer à 18 h ou 18 h 30 et le

cocktail débutant vers 19 h 30. Pour ceux qui n'ont pas de raison valable s'ensuit un appel d'un responsable hiérarchique. Si le consultant persiste dans l'impossibilité de venir, il est immanquablement catalogué et hérite d'un lourd handicap pour les évaluations de fin d'année. Le truc que m'a refilé un ancien : toujours répondre oui à ce genre d'invitation, quitte à décider de ne pas s'y rendre au dernier moment, sachant qu'il n'y aura pas de pointage.

La réunion commence avec une demi-heure de retard et je suis placé au fond pour admirer le style de ceux qui défilent, encore plus en retard. Il y a l'essoufflé surchargé de travail et accablé par la charge de son PC, il y a le calme qui fait semblant d'assurer, il y a aussi celui qui fait semblant de revenir d'une pause cigarette à l'extérieur, mais vite trahi par son premier regard de découverte de la salle.

hitler a entamé son monologue de présentation des chiffres. On ne parle que des noms des consultants fraîchement arrivés – les hauts gradés – mais pas de ceux qui partent ; on annonce un chiffre d'affaires et une marge. Un prévisionnel aussi, et on est réaliste sur la qualité des chiffres avant de fournir les orientations : il va falloir se retrousser les manches et donner encore plus.

Viennent enfin les questions. hitler laisse la réponse à d'autres associés lorsque le sujet n'est pas trop sensible. Il ajoute toujours une petite touche pour avoir le dernier mot. Lorsque le sujet est bien sensible, du genre « quel sera le niveau de bonus cette année ? », hitler garde la main et joue à deux vitesses – de Hummer.

Premier mode : deux roues motrices. « Les associés seront les premiers à se serrer la ceinture ». Traduire : les associés garderont leur niveau de rémunération et il va falloir presser le citron des consultants pour conserver un tel niveau somptuaire.

Deuxième mode : six roues motrices pour mieux écrabouiller les minables. « Je vous rappelle que c'est à vous d'aller au-devant du client, de détecter les opportunités et de nous les remonter, de véhiculer l'image de la firme, bla-bla-bla. » Traduction : arrêtez donc d'être si humains et devenez des robots. Si je pouvais tous vous remplacer par des clones de mon auguste personne, ce serait bien mieux.

Cette fois-ci, pas d'animation spécifique. hitler s'énerve vite quand la séance de questions-réponses est trop longue, car cela laisse le temps aux éventuels frondeurs d'agir. Mon voisin, expérimenté, me précise que les frondeurs d'une réunion ne sont plus là l'année suivante pour constater les effets de leurs attaques, ou bien sont promus. Dans ce dernier cas, il ne s'agit pas vraiment de frondeurs mais de consultants ayant déjà acquis l'estime de hitler et qui, posant une question qui dérange un peu, confirment leur personnalité, mais ne bousculent pas l'establishment.

Le cocktail qui suit laisse enfin place à la détente. hitler circule entre les consultants se bousculant pour quelques petits fours alors que le champagne coule à flots. Tout le monde se pousse pour lui laisser place et il en profite pour prendre des nouvelles des sujets chauds auprès des uns et des autres. Autant dire que s'il ne vient pas vous parler, c'est que vous êtes un blaireau qui ne traite aucun sujet important.

Je me rappelle ma vaine heure de gloire quand il est venu me demander où en était une proposition commerciale. Comme un bon chienchien, je me suis mis à frétiller de la queue, fier de pouvoir me mettre en valeur. Là, au milieu de tous ceux qui semblaient dominer le monde, je lui ai répondu que le chocoteux devait la relire et l'envoyer au client, mais que je n'avais pas de nouvelles. Il ne m'a pas laissé longtemps la possibilité de lui renifler le derrière et m'a aussitôt intimé l'ordre d'aller demander au chocoteux de se manier le derche, pour éviter de laisser le client attendre indéfiniment le document. Je vous détaillerai la personnalité du chocoteux un peu plus tard.

Sur ces mots, il a tourné le dos sans aucune formule pour prendre congé et je suis reparti avec une délicate mission à accomplir, fier comme son chien, qui devait se prénommer Artaban.

Sympa, le cocktail. Éviter de trop boire, on devient obséquieux pour ensuite le regretter.

Peu après l'arrivée des nouveaux, tous jeunes diplômés, viennent la fête et une démonstration de ce que savent faire les consultants YI&Y ! Toute la bande des nouveaux s'est retrouvée pour le séminaire d'intégration, tenez-vous bien, qui était localisé à Florence ! Je vous épargne le voyage en avion où les journaux ont servi à fabriquer des boulets permettant d'alimenter la guerre entre les rangs de droite et ceux de gauche. Je vous passe aussi le dîner dans un restaurant où Pantagruel lui-même aurait fini malade. Pour tout vous dire, je me suis retrouvé, suite à ces trois jours de séminaire, incapable d'avaler quoi que ce soit pendant quarante-huit heures, suivies d'une semaine sans le moindre appétit ! En cause : stress et bombance.

Nous avons alterné chaque matin les réunions et ateliers de travail où se sont succédé des orateurs du cabinet et quelques animateurs externes. L'après-midi était consacré au « team-building », c'est-à-dire à forger les équipes en soudant les gens entre eux. Deux types d'activités : visites culturelles d'une des plus belles villes du monde et activités sportives – quad dans la campagne environnante, initiation au beach-volley sur une plage artificielle, loin de toute mer.

Mais le véritable team-building s'est opéré le soir, dans les bars de la ville, une fois que nous avons eu quartier libre, après le dîner, deux soirs de suite. Les groupes qui s'étaient rencontrés dans la journée formaient déjà des équipes compactes et les couples s'étant rapprochés durant les pauses partaient déjà avec une longueur d'avance.

J'ai malheureusement jeté mon dévolu sur l'une des plus jolies filles, déjà sérieusement courtisée. Nous sommes tous allés danser dans une boîte de la ville. J'ai vite constaté qu'elle s'était très bien intégrée. Elle n'a pas tardé à danser un slow langoureux avec un directeur venu spécialement de Paris pour nous faire une heure de présentation et pour passer une nuit dans un lit chauffé. Impossible de rivaliser et de demander à l'impétrant de laisser un peu de place… Je parle de place sur la piste de danse, ne nous y trompons pas ! Comme pour nous montrer où était son territoire, une de ses mains était solidement installée en dessous de la ceinture de la demoiselle. Ces deux-là se sont rapidement éclipsés pour ne plus reparaître de la soirée.

Le lendemain soir, il nous a fallu marcher beaucoup avant de trouver un bar ou une boîte qui accepte de nous accueillir. Tous les établissements à proximité de l'hôtel avaient décidé de nous interdire l'accès, suite aux débordements de la veille. Impossible de vous raconter, je ne m'en souviens plus vraiment. Je suppose que l'alcool a vraiment coulé à flots, dans les gosiers et hors des estomacs. Vaguement entendu parler du hall de l'hôtel, de troubles du voisinage et d'une rue à nettoyer.

Les bizuths

Ca fait « It's a Ouaille, Aïe, Ouaille world » sur l'air de It's a small world des parcs d'attractions Disney. Vous l'avez compris, c'est le chant de guerre de YI&Y, votre cabinet désormais préféré ! Ce chant nous a été enseigné par les anciens lors d'une mémorable soirée de bizutage dans l'hôtel. Nous avons eu un tas de paroles en anglais à apprendre, toute faute étant sévèrement réprimée par une aspersion d'un liquide gluant indétachable de nos vêtements.

Le conte relatait les aventures d'un auditeur qui mettait la pâtée à son client et le dominait pour rapidement prendre le pouvoir du monde à la tête de YI&Y. Pathétique et violent, limite guerrier. Ridicule en tout cas et en décalage complet avec la culture d'entreprise, si austère en façade. Mais tout comme moi, chacun est forcé d'adhérer à un système.

Nous avons été classés en plusieurs catégories. Les mauvais, qui étaient incapables de chanter, ont été jetés habillés dans la piscine de l'hôtel. Les filles devaient former un chœur lancinant. Aux voix graves la ritournelle : « It's a small world world world... » et aux voix intermédiaires, en deux groupes, le soin de tenter d'établir un canon.

Je me suis mis à chanter, puis à brailler comme tous les autres. Je n'avais pas envie de sombrer dans la piscine et de subir la honte. Ici, personne ne donne son avis, tout le monde suit le mouvement.

Tout s'est terminé par un tonnerre d'applaudissements et d'autocongratulations, la moitié des participants habillés dans la piscine et la moitié de l'eau de cette dernière évacuée sur la terrasse de l'hôtel, l'autre moitié souillée par l'espèce de slim dont nous avions été tous plus ou moins aspergés, un directeur d'hôtel en furie et cherchant les cheveux grisonnants du cabinet pour se plaindre et sévir.

Bref, un petit monde à notre portée, que nous n'avons dominé que quelques minutes. L'an prochain, le lieu du séminaire est déjà réservé, loin de l'Italie qui nous aura certainement blacklistés, mais on s'en fiche pas mal.

Une fois rentré chez moi et libre, je me suis dit que tout cela n'était pas sérieux. J'avais été traité comme un mouton et j'avais été contraint de me plier à cette coutume idiote. Ce bizutage était pour moi un incident révélateur : je n'entrais pas dans le monde du travail pour trouver un nouveau système scolaire. J'adhère au principe d'excellence et à l'idée que nous sommes les meilleurs, mais l'entreprise doit-elle être comme une école de commerce ?

Titus a eu droit, lui aussi, à un séminaire lors duquel il y eut des moments épiques, des beuveries et des mélanges de genres beaucoup plus cocasses que dans le Big.

Chez nous, la population est assez lisse : tous des consultants sortis des mêmes écoles. Chez eux, le séminaire regroupait tous les nouveaux du groupe, soit autant de monde que nous, mais avec une population variée, allant des génies sortant d'une école très spécialisée aux ouvriers portuaires, très qualifiés dans un autre domaine bien spécifique. Ces derniers les ont gratifiés d'une belle bagarre avec des étudiants marseillais qui les cherchaient un peu trop – Marseille étant la ville d'accueil de la fête, durant deux jours seulement.

Il y eut aussi un certain nombre d'accouplements entre personnes de castes différentes, pour le plus grand bonheur des partisans d'une culture d'entreprise renforcée. Cela a eu un effet très simple : les garçons poussés à la faute à Marseille étaient traités de gros porcs, tandis que les filles qui le faisaient étaient des « s… ». Moi qui croyais que ce genre d'insultes avait disparu – je n'ai rien constaté de tel lors de similaires rapprochements durant le séminaire du Big ou ceux de mon école –, j'ai été un peu choqué, comme si la tolérance avait ses limites et qu'il ne fallait surtout pas autoriser des rapprochements jugés « contre nature » entre classes sociales.

Le Big est-il plus tolérant ? La sélection à l'entrée y est-elle pour quelque chose, tous sortant de grandes écoles ? Le nouveau formatage par les grades semble être une abolition des classes sociales. Je suis junior, c'est normal, c'est lié à mon expérience. Je peux être fils à papa, fils d'ouvrier ou fils d'immigré. Tu es manager, tu as prouvé ton adaptation et ton évolution dans ce système. Plus de questions d'origine sociale, raciale ou ethnique : tous ceux qui ont eu droit à de très bonnes études ont leur chance.

Ah, les filles !

Je ne vous ai pas beaucoup parlé d'un sujet qui me tient à cœur : les filles !
Je souhaite éviter à tout prix de passer pour un vilain macho réduisant la femme à un objet destiné à assouvir nos plus bas instincts. Néanmoins, l'instinct, dans le conseil, c'est celui du prédateur, du loup en chasse de ses proies favorites : les clients ! Il faut avouer que, du coup, chasser le client muni des meilleures armes est tout de même plus facile qu'équipé d'un vieux lance-pierres…
C'est, là encore, tout un système qui s'est mis en place : le recrutement et le style de la gent féminine au sein – sic – du Big portent toujours vers des personnes qui ont une apparence très sexy. Du coup, le client nous reçoit beaucoup plus souvent, car il sait qu'il augmente ses chances de croiser une jeune et jolie consultante. Il faut savoir que, en plus d'être jolies, toutes les filles chez nous sont parfaitement compétentes ! Elles apportent aussi un plus que

n'ont pas les garçons : le recul, la finesse et la capacité à dialoguer.

Il y a eu un jour une exception : une fille qui préférait les tenues austères à celles la mettant en valeur. Certains ont même avancé qu'il y avait eu erreur de casting.
Elle a très vite eu droit à un entretien au cours duquel il lui a été demandé d'être plus « avenante ». Pas dupe quant à la signification du terme employé, elle a demandé des précisions. L'associé menant l'entretien lui a demandé d'être plus « souriante et d'avoir un maintien un peu moins austère », définissant une attitude à adopter tout en entretenant un flou sur la tenue vestimentaire.
Elle en est ressortie dégoûtée, tant les propos qui lui avaient été masqués l'avaient choquée. On lui avait fait comprendre qu'elle aurait du mal à progresser dans la firme. Un début de harcèlement, sans aucune intention sexuelle de la part de l'intéressé. Uniquement une visée purement mercantile.
Je me suis dit que cela pouvait n'être qu'une question de tenue vestimentaire. Nous autres garçons sommes soumis aux mêmes règles. Un consultant qui aurait une tenue négligée aurait été traité de la même manière. Mais sa tenue à elle était loin d'être négligée.
Une de ses copines lui a expliqué que, dans la firme, on évalue les filles sur bien plus de critères que les garçons. L'apparence physique en est un. Mais d'après ce que j'ai entendu – uniquement de la part des filles –, cela va beaucoup plus loin : docilité,

faveurs envers les supérieurs. Je n'en sais pas plus. Ici, tout est feutré. Il n'y a pas plus de harcèlement sexuel que de harcèlement moral.
Chacun est libre de refuser, puis de partir.

Douillou

Les salariés connaissent mal le droit à la formation individuelle. Il s'agissait alors d'heures de crédit formation acquises tous les ans, à raison de vingt heures annuelles, qui s'accumulent dans un compte spécial. L'un des salariés a réalisé qu'il avait droit à un pactole, correspondant à six ans d'ancienneté.

Ce fameux compte est écrêté à partir de cent vingt heures, c'est-à-dire que, une fois le plafond atteint, les heures acquises et non utilisées sont perdues, tout simplement – au bénéfice de qui, on se demande. Un petit malin a donc décidé qu'il devait les utiliser et a demandé une formation d'anglais.

Car il faut dire qu'ici, le niveau d'anglais est réputé excellent mais qu'en pratique, il n'est pas terrible. Lors des entretiens d'embauche, j'ai pu constater que le test maison est plutôt faible et que les seuils TOEIC demandés sont relativement bas. Bref, un salarié du Big sait se débrouiller en anglais mais il est loin d'être un cador. Nombre de salariés souhaitent

« improver » leur anglishe, mais la réputation de l'entreprise est telle qu'elle ne peut se résoudre à admettre une quelconque faiblesse dans ce domaine. C'est ainsi que l'on retrouve régulièrement des réponses à appels d'offres en anglais par un partner où pullulent des fautes aussi grossières que « it make sense » au lieu de « it makes sense ».

Revenons à notre droit à la formation. La commission formation se réunit tous les mois, sous la présidence omnipotente et ventripotente de hitler en personne. Cette commission dure une heure et quinze minutes, pas une de plus car monsieur n'a plus le temps de traiter ces sujets subalternes – dont il veut toutefois garder la maîtrise, comme en témoigne sa présidence de la commission. Il traite donc, d'une main de velu dans un gant de fer – et surtout pas l'inverse où il est question de velours –, les demandes individuelles dans les cinq dernières minutes de la réunion.
Et que pensez-vous qu'il advienne de ces cinq dernières minutes si précieuses ? Elles sautent, tout simplement ! Eh oui, monsieur n'a plus le temps et quitte la salle en avance. Les autres membres, habitués, tétanisés, terminent poliment la réunion « pour la forme » en sifflotant jusqu'à l'heure de fin prévue, les ventres gargouillant en pensant au repas, têtes plongées dans les smartphones. La responsable de formation secoue nerveusement son stylo en pensant à la liste de courses qu'elle vient de se prendre, tous abandonnent le sujet de la formation

d'anglais et laissent quelques minutes d'avance dans les couloirs à notre gourou-tyran.

Le coup de l'anglais est d'un tordu, du coup l'anglais est cou tordu !

C'est bien simple, la politique de l'entreprise est de ne pas répondre favorablement aux demandes de formation.

Notre ami – appelons-le Douillou, ce sera plus pratique – voulait se perfectionner en anglais. Voyant qu'il se faisait balader par la responsable de formation impuissante et par la commission « formation » fantoche, il a finalement réagi au bout de six mois en tentant de savoir pourquoi son cas n'était jamais instruit. La pauvre responsable de formation ne sachant quoi lui répondre, il a vite compris qu'il lui fallait escalader par une autre face le pic de la Mirandole.

Il a échangé avec des associés puissants qui se sont renseignés pour lui sur le sujet. La réponse fut cinglante et sans appel : ici, on estime que les consultants doivent parfaitement parler anglais. Si la brèche de la formation d'anglais est ouverte – c'est-à-dire si on accepte pour un – tout le monde va s'y engouffrer. Et, de manière plus générale, disons carrément totalitaire, il n'est pas souhaité que les salariés usent de leur droit à formation. Bref, laisse tes heures au placard, accumule-les et ne demande pas ton reste. De toutes les manières, on fera passer tes droits dans des formations internes bidon, ou bien tu ne resteras pas longtemps dans la firme et iras donc dépenser ta formation ailleurs.

Son sang n'a fait qu'un tour. Douillou, outré de tant de basses manœuvres d'un général sans étoiles, prit conseil. Avait-il un ami avocat, une assistance juridique liée à son assurance ? Nul ne sait. Il prit sa plume et adressa un recommandé avec accusé de réception demandant de pouvoir utiliser son droit. L'accusé hitler prit réception de la lettre et en fut fort marri. La réponse revint avec le double effet bien connu d'une marque de pastilles rafraîchissantes : une lettre polie le renvoya dans ses vingt-deux mètres en lui disant que sa formation lui était refusée, comme la loi y autorisait l'employeur ; second effet, une convocation dans le bureau de hitler pour lui faire comprendre que, désormais, il n'avait plus aucun avenir dans la ferme, pardon la firme – ne pas confondre avec Animal Farm, d'Orwell, qui semble de la rigolade à côté de notre firme aux animaux.

Nul besoin de calembour : Douillou s'est bien piqué les fesses.

Eh oui, ici on se fiche bien des compétences et spécificités de chacun, qui font la richesse d'une entreprise. On veut du bétail qui avale son bon grain et produit du bon lait ou de la bonne viande.

Les excréments serviront à faire de l'anglais. Pardon, de l'engrais.

De menus problèmes sociaux

La détente et l'acceptation de la culture d'entreprise sont une chose, la défense de conditions de travail décentes en est une autre.
Un de mes très proches collègues s'est mis en tête de faire justice en écrivant des mails anonymes. Très simplement, il a créé une boîte aux lettres sur Internet et a écrit son message. J'étais en copie, comme une cinquantaine de consultants, managers, directeurs et associés d'une entité à laquelle nous étions tous rattachés. Il s'insurgeait contre la gestion des évaluations annuelles.
Notre ami se met à déblatérer, dans un message sans grande cohérence, avec un argumentaire maladroit et indigne du bon consultant qu'il voudrait être. Là où il aurait pu écrire un message anonyme factuel – pratique controversée, mais quand on n'a que ça… –, il s'est fendu d'une attaque sur l'incapacité du management à défendre les consultants lors des sacro-saints « comités d'évaluation », séances très

organisées permettant de déterminer quels consultants vont progresser et lesquels vont stagner. Il ajoutait même une couche sur leur manière d'être ramollis des parties génitales. Je n'ai d'ailleurs jamais compris ceux qui parlaient du pénis et des testicules des autres comme s'ils souhaitaient plonger dessus des mains sadiques.

Son discours n'a plu à personne : ni à ceux qu'il visait – de petits associés lampistes –, ni aux consultants mis en copie et impliqués malgré eux dans sa tribune libre.

Son style très personnel a tout de suite été détecté par l'équipe chargée des investigations et de la répression des fraudes, qui travaille habituellement pour des clients mais sait aussi fourrer son nez dans les affaires internes. Ce sont en effet des spécialistes en enquêtes, intervenant pour déterminer quelles malversations ont pu être menées au sein d'une entreprise. Notre ami et futur ex-collègue a été confondu par ses tournures de phrases bien particulières – son style, en quelque sorte – lors d'un rapprochement avec d'anciens e-mails.

Il a été convoqué et licencié dans la foulée.

Il y a eu aussi du rififi chez nos amis de l'audit, mobilisés en grand nombre auprès d'un client stratégique. Ils n'ont pas ménagé leur peine durant de longs jours de quatorze heures de travail. Ou comment travailler deux jours chaque fois, payé un seul jour.

Pour seul remerciement, on les laissa tout de même partir en week-end de manière anticipée – 15 h au lieu de minuit – le dernier vendredi de la mission.

Ils cosignèrent donc un courrier à toute leur hiérarchie, du simple manager jusqu'au patron du Big, afin que personne n'ignorât leurs doléances.

Ils s'y plaignirent du droit du travail bafoué, du management qui ne savait pas appliquer les principes de base – de la reconnaissance, a minima – et de l'absence totale de gratitude de la part du Big.

Après une courte période de déni de la part de la direction intermédiaire – c'est-à-dire leur hitler à eux –, ce message fit des vagues sur les sommets. Leur hitler tenta d'éteindre le feu en octroyant deux jours de récupération à toute l'équipe mais en refusant d'écouter les plaintes sur le fond.

Un nouveau message fut envoyé, des représentants furent enfin convoqués, des discussions entamées pour établir un plan d'action. Des dédommagements furent alloués : prime et jours de récupération proches du réel.

Par la suite, le middle management fut blâmé, car il fallait un responsable. Le plan d'action fut rapidement enterré.

Enfin, leur hitler fut chaleureusement remercié pour sa gestion réussie de la crise, mais pas en se prenant la porte, comme certains l'espéraient.

Chez Titus, il y a des syndicats pour défendre les salariés, du moins pour les occuper un certain temps avec différents combats et maintenir la vigilance concernant les dérives possibles de la direction. Les occasions de combattre sont nombreuses et l'activisme est à la mesure de la concurrence entre les différentes centrales syndicales. Leurs membres déclarés peuvent réduire leur temps de travail pour participer à la vie du syndicat. Ils passent donc régulièrement déposer des tracts ou des lettres d'information sur les bureaux.

Les collègues de Titus s'empressent de les parcourir pour découvrir les thèmes, les commenter et… les classer, qui dans un classeur, qui dans un dossier. L'un d'eux va même scanner le tract pour recycler le papier le plus rapidement possible. Le premier tract reçu par Titus a été vite parcouru, pour atterrir dans la corbeille. Titus a vite compris, aux regards étonnés de ses collègues, qu'il avait commis un impair : ce document devait être traité et étudié avec égard.

Titus leur donna rapidement le change en une superbe dissertation montrant qu'il avait compris les enjeux de ces combats. Il lança une pique pour en observer les effets : la nouvelle organisation du travail, avec de l'agilité partout et de nouveaux outils – télétravail, bureau volant, suppression du téléphone au profit d'un système intégré de téléconférence… – lui semblait être un défi à relever, sans quoi les entreprises allaient directement régresser vers le XIXe siècle.

Ce fut aussitôt une levée de boucliers de la part de la collègue la plus engagée. Les autres collègues firent mine de soutenir Titus rien que pour attiser le feu et le courroux, mais n'en pensaient pas moins.

La dame était manifestement résistante au changement. L'idée de travailler chez elle, par exemple, ne lui convenait pas car elle souhaitait voir des collègues pour bien travailler. Elle n'aimait par ailleurs pas du tout porter un casque sur les oreilles pour les conférences téléphoniques, ce qui lui chauffait les oreilles et l'énervait car elle avait tantôt l'impression d'être trop collée aux voix des autres, tantôt perturbée par les bruits de son environnement. Elle n'était pas à une contradiction près, ne voyant pas tous ces inconvénients dans le bon vieux téléphone. Elle en avait beaucoup d'autres du même acabit et Titus aimait me les raconter lorsqu'ils étaient bien frais.

Dans le Big, vous l'avez compris, il n'est pas possible de frapper à la porte d'un quelconque directeur du personnel pour évoquer les tracasseries subies par notre hiérarchie. Dit sans langue de bois, il est impossible, en cas de harcèlement moral, de trouver un arbitre entre le management et nous. La seule solution est de recourir à la voie légale et c'est le clash. Il existe bien un associé chargé des RH, mais frapper à sa porte sans l'aval de notre propre hiérarchie revient à signer son arrêt de mort.
L'arme principale laissée à l'initiative de l'employé est donc l'arrêt maladie, pour ceux qui veulent se battre ou sont réellement tombés malades à cause du système.

Les placards dans un bel immeuble coûtent très cher et il faut les financer. hitler, par exemple, refuse de laisser les démissionnaires partir rapidement. Il ne leur fournit aucune information sur la prise en compte de leur démission et refuse systématiquement toute discussion dès qu'on évoque la réduction de la durée du préavis avant départ. Il va même jusqu'à demander à certains d'annuler leur démission et – ENSUITE SEULEMENT – « on pourra négocier ». Négocier quoi, nul ne l'a jamais su.

Un manager qui ne parvenait pas à avoir sa date de départ finit par dire qu'il restait chez lui, à disposition, et qu'il ne ferait que le strict minimum pour finir le travail courant. Ça a vite fait désordre chez le client. hitler a fait travailler ses sous-fifres pour rattraper le coup et négocier un départ en bonne entente. C'est sa technique : je casse d'abord et ensuite je demande à mes adjoints de réparer… ou nettoyer.

Chez le Big, l'abandon de poste a eu son heure de gloire pendant une courte période. Tout commença par une folle rumeur qui le présentait comme la solution idéale. Un beau jour, on ne vient plus au bureau, et du coup, mécaniquement, on est lourdé. Cela plaît bien à notre génération Y, paraît-il. Pas d'ennui de préavis et de paperasses de départ. Pas de harcèlement non plus durant cette période délicate. Fuir lorsqu'on le peut, pour éviter un dialogue impossible avec nos tyrans.

Seulement voilà, nous avons longtemps cru en cet Eldorado et beaucoup se sont engouffrés dans la brèche. Le patron a réalisé l'ampleur que cela prenait. L'abandon de poste aurait représenté, à son apogée au sein du Big, environ un tiers des départs – chiffre colossal à rapprocher du tiers de démissions et du tiers de licenciements plus ruptures.

Pour enrayer le phénomène, hitler a usé de son droit de ne rien faire de plus qu'un simple constat d'abandon de poste. Le salarié attend chez lui qu'on lui notifie sa radiation des cadres. En vain. Le licenciement n'arrive jamais. Il reste dans la société, mais son salaire est suspendu en raison de son absence non justifiée. Il ne peut pas prendre un autre emploi en parallèle. Il n'a pas droit au chômage.

Ainsi bloqué, il doit finir par appeler pour demander quelle est la suite des opérations. Les premiers ayant craqué ont eu droit à une convocation et à un superbe savon de la part de hitler, assorti d'une monumentale pression du management. Puis démission rapide. Ou remise au travail pour certains, en attendant qu'ils démissionnent.

Alors qu'au Big, nous sommes baladés entre entités sans broncher, le changement d'affectation chez Titus est plus codifié. Les postes sont pourvus pour environ trois ans. À la fin de cette période, il faut aller à la pêche au nouveau travail, soit au travers de son réseau, soit directement sur la bourse aux jobs. C'est souvent un changement pour l'inconnu, étant donné le faible nombre de postes à pourvoir au moment du changement et le peu d'offres correspondant exactement aux compétences. Mais il s'agit là d'une occasion inespérée de changer de métier.

Manœuvrer un navire demande une grande habileté. Sinon, c'est au mieux l'échouage sur une plage déserte, au pire une étrave déchirée par des rochers recouverts d'eau. Dans une carrière, c'est pareil, on a droit à plusieurs bateaux mais il est préférable de ne jamais couler.

Dans notre Big, il y a de véritables navires-prisons. Un petit mousse grattait bien le pont, courbé et briquant sous l'œil lubrique d'un officier le bois déjà nettoyé mille fois. Il en avait marre et espérait un meilleur avenir. Sorti parmi les premiers de sa promo de l'école de Marine, il s'était retrouvé à cette place peu enviable malgré toutes ses protestations. Son capitaine l'avait recruté et comptait bien le tester, le former et l'utiliser au mieux pour assurer la rentabilité phénoménale de son navire.

Le petit mousse, un peu têtu, impatient et peu respectueux des codes de conduite, a profité d'un passage au port pour tisser des liens avec le capitaine d'un autre navire. Ce dernier, persuadé qu'il pourrait utiliser au mieux ses compétences, lui proposa de le rejoindre sur son beau bateau. Il y eut une entrevue entre les deux capitaines pour parler affaires et organiser un transfert de mousse. Son capitaine ne l'entendit pas de cette oreille et en prit ombrage.

Que croyez-vous qu'il fit ? Il fit parvenir un message au petit mousse, lui demandant de ne pas revenir sur son bateau et de quitter séance tenante le port à la nage. Aucun bateau de la compagnie – ou plutôt de la firme – ne l'accueillerait plus. On lui balança ses affaires dans l'eau grisâtre du port et il put tout juste récupérer ses frusques avant de sortir de l'eau.

C'est ce qui fut fait, ça ne rigole pas dans la marine !

Du pognon et de la reconnaissance

Allons-y avec les sujets qui fâchent… L'argent, dans un des fameux Big, c'est comme le secret de la formule de papy Pemberton qui un jour cracha du cola : tout le monde le cherche, seuls certains le détiennent. À partir des partners, il n'y a plus de problèmes financiers, mais plutôt des problèmes de riches : « Ce mois-ci, je vais devoir renouveler mon abonnement au Golf de Saint-Poux, du coup c'est le 4x4 de la maison de campagne de ma femme que je ne vais pas changer. Vous comprenez, il est un peu vieux, deux ans. La pauvre va devoir attendre un mois de plus… Je ne sais pas trop comment lui faire passer ça. » Ce discours, prononcé devant les petits scarabées de consultants que nous sommes, donne une certaine indication du niveau de salaire…

Pour le reste, c'est-à-dire toute la base, les salaires sont légèrement en dessous du marché. Car le système est ainsi fait, exclusivement pensé pour les très hauts potentiels, l'élite de la France, les surdiplômés destinés à devenir associés – partners, avec un petit pet – à moyen terme. Tous les autres, parmi lesquels néanmoins beaucoup de hauts potentiels, ne doivent pas s'accrocher. Ils doivent se contenter de compenser un salaire relativement plus bas par la perspective d'une bonne carte de visite. Quelques lignes fantastiques sur le CV, surtout en début de carrière.

Mais certains s'incrustent, espérant rejoindre l'élite. J'ai personnellement vite compris que je n'avais aucune chance. Pas assez dynamique ni adhérent au système. Les autres, comme les morpions de la famille des coléo… machins, attendent chaque année les évaluations, les augmentations et les primes. Tout dépend de la tête du client, comme on dit. Il faut être connu, s'être agité, avoir fait gagner beaucoup d'argent au cabinet et surtout avoir le potentiel d'en faire gagner encore plus, celui de manipuler les hommes – et quelques femmes –, celui de gérer encore plus de sujets qui salissent les mains et que personne ne veut plus prendre. Bref, ne pas hésiter à s'avilir pour atteindre un jour une hypothétique consécration.

À l'arrivée de la course à l'échalote annuelle, une superbe finale où se distinguent trois camps : les foutus, les appâtés et les maîtres du monde. Il faut assister à un comité d'évaluation où tout est fait pour jauger au mieux les prétendants aux titres. Peu importe le concret des résultats, l'important est l'image, la posture qu'a renvoyée l'aspirant : a-t-il démontré une grande maturité et progressé plus rapidement qu'attendu ?

Les foutus sont ceux qui doivent vite faire leur CV et partir. S'ils ont eu encore une faible augmentation cette année, l'absence de bonus ou une alerte sérieuse sur leurs résultats doit leur mettre la puce à l'oreille : dans une carrière au Big, pas de faux pas.

Les appâtés ont bien bossé mais doivent poursuivre pour… continuer à engraisser le cabinet. Vu qu'ils n'ont pas prouvé être les meilleurs, l'argent est remplacé par les encouragements ou les promotions à petit budget, un peu comme ces films tournés entre amis en espérant qu'un producteur spéculateur saura les remarquer. Le but du jeu est de leur faire croire qu'ils peuvent encore rester et ont un espoir de progresser, mais personne ne pleurera s'ils partent.

Les meilleurs, enfin, ont une chance de suivre la trajectoire des maîtres du monde. Ils sont très rapidement mis en confiance par les partners qui leur confient de plus en plus de missions, de plus en plus de travail et sauront les promouvoir à la fin de l'année. Ils acceptent sans broncher. Ils partageront le gâteau avec les grands et de toutes les manières, comme dit plus tôt, leurs problèmes de super-riches nous feront bientôt pleurer… de rire.

Vous l'avez compris, il y a des jours où il faut montrer intelligemment qu'on existe, savoir organiser le « buzz » autour de soi. Un consultant aura beau être très bien vendu en clientèle, avoir d'excellentes évaluations concernant son travail, il pataugera à un niveau « normal ». La France voulait un président normal, ici personne ne veut d'un consultant normal. Il faut le haut du panier !

Sortir du lot, c'est développer des sujets annexes et parfois importants – offre commerciale, rédaction d'un livre blanc par exemple. La couverture à tirer à soi n'est pas bien épaisse et rien ne permet de savoir ce que ça rapportera. Être sur un thème piloté par un looser risque de nous laisser sur la touche. Il faut savoir se mettre en visibilité en étant celui qui présente le sujet dans un comité où se trouvent les grands pontes.

Quoi qu'il en soit, il faut toujours trouver les chevaux qui gagnent. Et, quand on a pris du galon, savoir faire travailler les autres et exploiter leur savoir-faire. Les meilleurs des plus jeunes consultants savent par exemple faire travailler des stagiaires ! Une fois arrivés au niveau « associé moins un », ils s'agitent deux fois plus et se retrouvent à demander à tous ceux qui ont un grade inférieur de contribuer à leurs travaux. Une fois les plus jeunes exploités, il est très simple de les renvoyer aux oubliettes.

Chez le client, le modèle est nettement moins lisible. Titus n'est pas véritablement parvenu à le décrypter. Là où tous les consultants sont cadres dans le Big, la diversité est plus grande chez Titus.

Il faut des opérationnels sur le terrain et quelques managers pour les gérer. Être manager de terrain est bien plus dur qu'être à un poste équivalent au milieu de cadres, et personne ne sait le récompenser. Ils sont généralement issus de la base, jugés fort aptes à gérer des conflits humains mais non à piloter des projets politiques et stratégiques.

Titus est impressionné par la conversation récurrente sur l'actualité sociale et sur les augmentations de fin d'année. Il semble que ce soit le royaume de l'injustice. Par exemple, son service s'est vu octroyer une enveloppe d'augmentation globale de deux pour cent. Cela signifie que les jeunes comme Titus pourront avoir cinq pour cent d'augmentation sans trop pénaliser les autres en raison de leur salaire de débutant. A contrario, si les potes du responsable du service et les râleurs déjà bien payés obtiennent une augmentation supérieure à deux pour cent, il ne restera mécaniquement que moins de deux pour cent pour tous les autres. L'enveloppe est en euros et non extensible. Tous ont beau hurler au scandale, la direction reste inflexible, les cas particuliers et les mécontents étant traités dans un bureau beaucoup plus haut, au niveau de la DRH.

Chez mon ami Titus, il y a une grille validée par la direction et les syndicats. Quand tu entres, tu es positionné à un échelon, en fonction de tes études et de ton niveau d'expérience, ou de ta négociation si tu as quelques années de bouteille. Une fois que tu y es, tu ne changes d'échelon que lorsque tu es promu.

Mais des niveaux, il y en a. De quoi occuper toute une carrière. La contrepartie est qu'on grimpe relativement facilement, sauf fausse note.

L'accord d'entreprise stipule que tout immobilisme ou changement d'échelon deux ans de suite doit être justifié par un écrit qui aura été exposé au salarié, tous ces cas étant collectés et transmis aux syndicats pour leurs statistiques et leur surveillance. Autant dire que la direction fait très attention à ses agissements en la matière, il y a beaucoup de promotions à effet rétroactif sous la pression syndicale.

Le salaire est complété d'une prime sur objectifs, ou plutôt sur objectifs diffus et non mesurables pour la boîte de Titus. En effet, il n'y a rien à vendre directement au client dans le service auquel il est rattaché. C'est donc à la tête du... salarié. On lui a dit de ne pas s'en faire, il faut toujours justifier une prime réduite ou annulée, cela n'arrive donc jamais.

Chez le Big, c'est très simple, l'objectif se résume à un chiffre d'affaires généré, un taux de staffing – ou un nombre de journées facturées – et un chiffre d'affaires vendu. Ce sont toujours des chiffres mesurables. Il paraît que hitler est le roi pour faire croire que les objectifs ne sont pas atteints alors qu'ils le sont pourtant. Il est passé maître de la déstabilisation de ceux qui ne sont pas faits pour le système, tout simplement.

La marge du Big est grevée par une importante provision pour les « affaires courantes », entendez par là le règlement des cas critiques. Vous vous souvenez de la caisse du MEDEF visant à « fluidifier les relations sociales » ? Il s'agit en gros de la même chose, mais d'une autre manière. Ici, point de syndicat pour jouer les intermédiaires, les relations sociales sont gérées directement avec les consultants en perte de vitesse ou qui n'atteindront jamais leurs objectifs individuels.

Les erreurs de casting, si vous préférez.

Le traitement de leur cas prend du temps. Beaucoup de temps. Tout est mis en œuvre pour les pousser au départ et, dans certains cas, payer « vite et bien, sans esclandre » tous les cas difficiles, voire franchement rebelles, avant qu'ils ne fassent trop de bruit.

hitler est excellent dans la fluidification des relations sociales. Sa technique est très simple : sanction financière à l'époque des bonus ou convocation du bonhomme pour qu'il comprenne. Dans le bureau de hitler, le discours ne correspond pas du tout à la situation :

— Tu as encore un avenir dans la firme, tu vas te démener, mettre ton pied dans des portes. C'est-à-dire que tu vas aller voir du monde pour participer à de nombreuses actions.

— D'accord, hit… Euh, d'accord.

— Tu seras reconnu à ta juste valeur. Tu dois le montrer à tous.

Beau discours « langue de bois » sur son avenir. Il se dit qu'il sera reconnu un jour, peut-être, mais pas chez YI&Y. Il n'a pas d'autre choix que de quitter le bureau, toute opposition étant vaine. Comment expliquer un tel discours alors qu'on lui a fait comprendre par ailleurs qu'il fallait démissionner ? Tout simplement pour le cas où il aurait enregistré la conversation. hitler n'a rien lâché qui puisse être utilisé contre la firme.

Le sort du consultant est en effet scellé. hitler a déjà donné ses ordres. Cela se résume à deux mots : harcèlement moral. Ses supérieurs doivent pousser le consultant à bout ou à la faute. Lui balancer tous les sujets pourris, en dernière minute de préférence, sans informations précises, même des tâches subalternes alors qu'il est surqualifié. Et, à petit feu, l'user et le forcer à démissionner. Les techniques sont variables en fonction du zèle de certains – notre ami le chocoteux est pour cela très bon soldat du führer. Certains alternent périodes de placard – sans rien à faire – et de surcharge. Il paraît que ça peut marcher.
Comment prouver alors qu'il y a harcèlement moral ? C'est impossible.
Un de mes potes qui ne faisait plus rien depuis plus de six mois, placardisé, a fini par trouver mieux payé et plus intéressant chez un concurrent. Il a fini par demander une rupture conventionnelle avec un chèque à la clé. Cela lui a été naturellement refusé dans un premier temps, technique utilisée pour démasquer les petits malins qui souhaitent habilement transformer une démission en rupture avec un chèque.
Il a tenu bon en repoussant son entrée dans sa future boîte et a fini par obtenir sa rupture conventionnelle,

avec un chèque certes symbolique, mais tout s'est bien passé…
Son cas était simple et peu cher, ils ont laissé faire mais lui ont demandé de dire à tout le monde qu'il avait démissionné. Le mot d'ordre, en ce qui concerne la communication, est toujours l'opacité.

Dans la boîte de Titus, il y a très peu de litiges à régler. Les cas sociaux – il y en a un certain nombre – sont indéboulonnables et sont considérés comme faisant partie des « œuvres » : on les garde car ils ne réclament rien de plus que leurs – petits – salaires et les avantages sociaux – pauses cigarette, pause déjeuner, pause-café, pause bibliothèque, aménagement du temps de travail pour certains qui ne sont plus vraiment capables de tenir une journée complète. Les gens qui partent doivent démissionner ou risquent de voir leur cas s'enliser. La plupart des cas sont assez âgés et beaucoup attendent la retraite paisiblement, en suivant la routine.

Je ne sais pas si mes collègues l'ont remarqué, mais il n'y a pratiquement pas de cheveux gris dans la boîte. Tout d'abord parce que la pyramide des âges est complètement ratatinée : il n'y a que des jeunes, et les rares vieux n'ont, fort étrangement, pas de cheveux gris. Ceux qui osent arborer les cheveux gris sont soit des personnages très compétents qui ne craignent rien, soit des inconscients qui n'ont rien compris.
Nous repérons très facilement les fous de cette dernière catégorie. C'est bien simple, il n'y en a pas

un seul en temps normal ! Il y a parfois des arrivages bien frais, mais ils ne le restent jamais longtemps. J'ai assisté à une livraison d'une bande de seniors qui se sont vus déchargés dans nos bureaux comme les poulets qui découvrent un abattoir en pensant que c'est leur nouvelle villégiature… Ça piaillait, ne respectait rien, exigeait tout, se couchait avec le soleil en hiver mais pas en été. Bref, ils étaient différents parce que beaucoup plus âgés, donc certainement un peu sourds et incapables de s'adapter à leur nouvel environnement.
Parmi eux, une bonne moitié de cheveux gris, et cent pour cent de personnes beaucoup trop anciennes pour leur grade. Et savez-vous lesquels sont partis les premiers parce qu'ils ne pondaient pas assez d'œufs ? Les cheveux gris !
J'ai par la suite entendu dire qu'on avait perdu des compétences-clés dont personne n'avait rien à f… auparavant.
C'est vrai, quoi, pas besoin de vieux pour nous apprendre le métier du conseil à la grand-papa, nous ce qu'on veut au Big, c'est rester jeunes entre nous, allez, dehors les vieux !

Toujours au musée des curiosités, il y a un pauvre type qui a osé tenter de jouer le jeu électoral au Big. Il a constaté qu'il y avait vacance du poste de DP, délégué du personnel. Il s'est dit qu'il y avait là une excellente opportunité pour lui de devenir quelqu'un – certainement parce qu'il ne parvenait pas à le devenir en écrabouillant les autres. Quelqu'un qui serait élu à une large majorité et qu'il serait quasiment impossible de licencier. Et une belle épine dans le pied de hitler…

Il a commencé à ébruiter le fait qu'il souhaitait se présenter. Oh, pas trop à l'avance, pour éviter d'avoir de la concurrence. Il s'en est ouvert à quelques amis. Dans cette société où personne ne se parle, vous ne savez pas à quelle vitesse courent les bruits. Il n'en reste pas moins qu'il a commencé à se renseigner sur la marche à suivre pour faire procéder à un scrutin – car il n'y avait jamais eu d'élection de DP, faute de candidats.

Deux jours plus tard, notre ami a fait un tour dans le bureau de hitler. Vous savez que hitler, c'est notre guide suprême, celui qui nous hurle dessus et demande ensuite pourquoi personne ne pose de questions, celui qui détruit ceux qui prennent des initiatives qui sortent de ses lignes directrices. C'est hitler himself qui l'a convoqué, ce n'est pas le pauvre DP en impuissance qui est allé frapper à sa porte faussement « toujours ouverte ».

Personne ne sait ce qu'ils se sont dit. Les assistantes et les consultants amassés malgré eux sur les bureaux mitoyens n'ont même strictement rien entendu alors que d'habitude le ton de hitler peut s'enflammer.

Tout le monde a vu sortir le pauvre homme, déconfit. Personne n'a pu l'interroger par la suite car il s'est mis en arrêt maladie pour trois semaines et n'a plus jamais reparlé de ses velléités de reconnaissance. Avant cette histoire et, a fortiori, depuis cette histoire, personne n'a jamais souhaité devenir DP.

Quelques mois après son retour de congé maladie, notre ami a envoyé à tous un gentil mail indiquant qu'il quittait la société, sans préciser si le coup de pied qui l'avait poussé était très doux ou bien vigoureux...

La moquette est rayée

Il y a plusieurs manières de progresser dans notre Big. L'une d'elles est de faire le ménage au-dessus de soi. Un associé très haut placé s'est un jour fait mettre à la porte. Il a commis une énorme faute et a été contraint de quitter la firme.
Sa malversation durait depuis un certain temps. Une fois découverte, il lui a fallu trouver un accord pour partir la tête haute. La version officielle, qu'il partage avec le reste du top management de la firme, est qu'il préfère « changer et mener des projets personnels ». Le temps qu'il passe ses dossiers à d'autres, son départ a été annoncé, l'échéance fixée un mois et demi plus tard. Aucune annonce officielle néanmoins. C'était juste un accord entre lui et eux, histoire de ne froisser personne, de ne pas perdre la face vis-à-vis du client et probablement de trouver un terrain d'entente pour conclure cette lamentable histoire.

Mais deux semaines après la conclusion de cet accord, au petit matin – vers 9 h tout de même –, dans des bureaux déserts, notre associé malfaiteur a été contraint de rendre son matériel et de quitter sur-le-champ la société pour ne plus y revenir. Sous l'effet de la surprise, l'étonné devint récalcitrant et dut être reconduit manu militari à la porte, sans avoir le temps de nettoyer les informations de son smartphone pro et de son PC. L'énervement a dû provenir de la présence de trois associés et de deux vigiles, avant même qu'on lui demande poliment de quitter les lieux.

Discrètement positionnée non loin de la scène, une femme. « Poker face », comme on dit dans le milieu – surtout, ne laisser transparaître aucune émotion. Une associée aussi. Elle n'a rien manqué de la scène et nul ne pouvait dire si elle était compatissante ou réjouie. Elle ne pouvait, en tout cas, être neutre, son visage d'un inexpressif surjoué interdisant cette interprétation.

C'était elle qui avait fait plonger le malfaisant en dénonçant ses activités frauduleuses.

Moins les gens ont la possibilité de s'exprimer, se sentent bafoués ou privés de leurs droits et plus les réseaux clandestins se forment. Regardez-moi, incapable de créer un « good buzz » et d'exprimer mon charisme de jeune premier, j'écris ce livre lâchement après mon départ du Big et de manière anonyme.

Pourquoi donc ? Par crainte de ramifications invisibles, d'un pouvoir du type « bras long » dont seraient affublés ces associés affairistes qui dirigent, comme s'ils avaient leurs entrées dans le monde de la politique ou pire, des renseignements généraux, de l'antiterrorisme. La nuit des longs couteaux. Ils ont le bras long, c'est indéniable, car le métier de l'audit est à haut risque, chaque fraude non détectée risquant de détruire le Big. Mais sont-ils véritablement en mesure de faire pression, d'étouffer des scandales, de retrouver et museler de petits trouble-fêtes comme moi ? C'est ce que je crois, avec probablement un brin de paranoïa. Encore une facette de ma personnalité chamboulée par ces événements : n'ayant pas pu m'adapter au système, je lui prête des pouvoirs et des intentions démesurés.

Comme tout bon dictateur, hitler a des sosies. Même allure générale, même embonpoint et le costume qui flotte avec, une tête solidement fixée sur un cou un peu large et une attitude de senior impressionnant. Cependant, aucun n'a la même tenue dans le temps. Beaucoup d'entre eux, croisés dans les couloirs et sosies sans le savoir, ne jouent aucun rôle, contrairement à notre hitler. Aucun n'affiche ce sourire de façade faussement sympathique et indiquant qu'il est prêt à vous faire un sale coup. Aucun n'agite aussi bien les pans de son costume dans sa démarche de semi-balourd. Son costume est d'ailleurs trop large, c'est dommage pour quelqu'un qui a autant de moyens… C'est certainement en prévision des bons repas et des profits qu'il fera encore sur le dos des autres qui vont l'engraisser.

Les pires de ses sosies sont ceux qui ne lui ressemblent pas physiquement. On n'a pas peur quand on les croise puisqu'on ne reconnaît pas le hitler qui est en eux. Ils se laissent même aborder mais nous prennent en traître quand nous nous y attendons le moins, après nous avoir mis en confiance. Tous ceux de cette trempe tentent d'égaler le maître dans la tactique et dans les attitudes. Aucun n'y parvient et très peu sont en mesure de produire le même effet que lui.
Bref, aucun n'est aussi vicelard, à bien des encablures du maître.

Ne croyez surtout pas que les associés forment une caste unie et infaillible. Ils se détestent entre eux. S'il leur arrive de faire des alliances deux à deux, c'est pour feindre d'oublier qu'ils sont isolés. Ils ont atteint un niveau où la relation réseau bon enfant, basée sur le don de soi et le plaisir d'aimer les gens desquels on a reçu, n'a plus cours.
Tous détestent hitler par-dessus tout, n'hésitant pas à le traiter de roublard, pervers ou ordure devant les consultants. Mais tant que l'ordre reste maintenu…
Les réunions d'associés sont des spectacles dignes de la Rome antique ou de la cour d'Attila. J'y imagine d'extraordinaires pugilats entre barbares. Sous des airs policés, ces gens sont bien de véritables brutes, c'est-à-dire qu'ils n'ont aucun respect pour leurs congénères et encore moins pour les êtres humains qui n'appartiennent pas à leur caste.
J'ai assisté un jour à l'une de ces réunions de stratégie sur un compte client. J'ai très vite compris que je

n'avais pas à prendre la parole si je n'y avais pas été invité, ma première intervention ayant été une catastrophe. Un associé a aussitôt réagi à ce que j'avais dit un peu vite et sans suffisamment d'explications. Heureusement qu'un de mes responsables est intervenu pour mieux présenter les choses.

C'est à cette occasion que j'ai compris que chacun jouait son jeu : interventions posées et d'un niveau jamais trop opérationnel, sauf pour assigner une action qui ne lui reviendrait pas. En cas d'attaque, la jouer finement politique, c'est-à-dire par des chemins détournés. Bref, je n'ai rien compris de ce qu'ils se disaient et de ce qui en est sorti. J'en ai été quitte avec un compte-rendu à rédiger, un mal de crâne à traiter et une liste de courses dont j'avais les intitulés mais pas le détail des actions. Je sus par la suite que ce n'était pas la peine de la suivre, sauf si l'on me relançait.

Tout cela n'était que duperie politique. Je n'étais pas dans mon assiette du tout, préférant de loin un niveau opérationnel. J'ai l'impression qu'on me demande une maturité incroyable et dont je ne dispose pas, à l'instar de tous ces consultants qui affichent une assurance inébranlable. Tous doivent cependant être follement anxieux et se sentir sous le niveau requis. Il ne me semble pas possible qu'il en soit autrement.

Quand on est un partner, on n'a pas de problèmes de fins de mois, sauf si on vit au-dessus de ses moyens. On cherche à s'enrichir encore plus, tout simplement. Ainsi, un immeuble annexe que loue notre Big est détenu en société par cinq associés du cabinet. La firme leur verse de confortables loyers à peine gonflés…

Un autre associé a créé son cabinet de conseil concurrent en parallèle, puisque son contrat semble l'y autoriser. Quand il effectue une démarche commerciale sur ses heures de travail au Big, il choisit d'affecter des ressources de son cabinet en priorité, bien évidemment, sauf spécificité qui rend le Big incontournable ou qui le rendrait franchement attaquable pour concurrence déloyale. On croit rêver. C'est lui qui est tombé au petit matin de la séance d'intimidation que je vous ai décrite, pour le plus grand plaisir de tout le monde, avide de ragots ou de déboulonnages, chacun à son niveau.

Autre sujet limite : les conflits d'intérêts. De manière très simple, si un cabinet est auditeur d'une société, il ne doit pas effectuer la plupart des missions de conseil pour cette même société. Et vice versa. En synthèse, pour chaque client, un Big doit être soit auditeur, soit conseil, mais pas les deux.

Le Big est auditeur d'une grosse société à l'international qui, en échange, demande à être son unique fournisseur mondial dans sa spécialité. Sympathique retour d'ascenseur qui fait penser à des marchés truqués. Dans ce cas, comment peut-on conserver l'impartialité de l'audit ? Où sont les bons engagements sur les conflits d'intérêts ?

Dans cette boutique, vous l'avez compris, l'amour du risque n'est pas de mise. Donc on évite d'écrire des choses qui engagent. Les managers et au-dessus ne donnent jamais de validation formelle pour l'envoi des livrables aux clients. Tout mail trop précis sera relu et critiqué par les supérieurs que vous aurez mis en copie. Ils n'y verront que l'engagement et le risque encouru si jamais le client nous cherchait des poux.

« Il faut être politique, ici », m'a conseillé un ancien qui essayait de louvoyer entre les dangers, tel un skieur débutant lâché dans le champ de bosses d'une piste noire. Toutes les occasions sont bonnes pour profiter des petites erreurs d'autrui, dont on informera gentiment les personnes bien placées. Inutile de faire semblant d'être désolé de dessouder un collègue : il est tout à fait normal, pour le bien de la firme, de signaler tout comportement relevant du faux pas.

Surtout, pas d'écrit. Ceux qui tentent de régler leurs comptes par e-mail sont impitoyablement éliminés. Vous imaginez le grabuge, si les mails sortaient de la maison ? Tous les comptes se règlent par la parole. Pas la parole donnée, car il est impossible de faire confiance. On croit à la parole de temps en temps, c'est-à-dire quand on a reçu la preuve qu'elle était vraie.

Et tant pis pour le crétin qui ne l'a pas compris. Ici, on répète : « les promesses n'engagent que ceux qui les croient ». D'autres modifient la phrase en : « les promesses n'engagent que les imbéciles qui n'ont pas les moyens de les mettre en doute ».

Vous le savez désormais suffisamment pour pouvoir le crier sur les toits, mon Big ressemble à une société normale mais n'en est pas une. Il s'agit plutôt d'un système de castes mis en place pour enrichir quelques-uns – plus de deux cents associés en France tout de même – au détriment d'un grand nombre de personnes dont on exploite la jeunesse. Si la définition est un peu péremptoire, la démonstration par les faits me semble éclatante.

L'appréciation des résultats est en effet pilotée par… la marge. Bon an, mal an, l'objectif fixé est autour de quarante pour cent. Il permettra de dégager suffisamment de bénéfices nets pour rémunérer grassement tous les associés.

Prenez un consultant junior facturé mille euros deux cents jours l'an. D'emblée, le montant facturé au client ne semble pas tout à fait normal – mille euros la journée – pour un jeune diplômé. Son salaire chargé représente moins de trente pour cent de cette somme. D'où une marge sur sa tête de soixante-dix pour cent.

Les frais de structure sont énormes. Locaux, matériel, dépenses somptuaires, frais de personnel support – assistantes, services internes – et de personnel non facturé représentent moins de trente pour cent des frais du Big. Le reste – entrées moins salaires moins frais de structure – est de la marge brute, qui peut atteindre quarante pour cent si on y met les moyens.

Vous trouvez ces chiffres normaux ? Convertissez en euros : quarante pour cent de marge d'un consultant facturé deux cent mille font quatre-vingt mille euros – alors que son salaire est d'environ quarante mille. Il pourrait payer, à lui seul, le salaire et les charges d'un autre consultant. Mais non, son salaire ne sert qu'à financer les bonus des associés.

Les consultants non facturés méritent un peu d'attention, car c'est là que se trouve la subtilité : pour maintenir cette marge à quarante pour cent sur l'année, il faut vite éliminer les personnes qui ne permettent pas de générer sur leur seule facturation cette belle couche de graisse tant attendue.

De la politesse

Chez YI&Y, nous avons eu droit à une édifiante formation d'amélioration de la relation avec nos clients. Le meilleur moment de cette session a été celui où nous avons appris qu'il fallait dire bonjour à tout le monde lorsque nous entrions dans une salle. Pas la peine de nous montrer comment dire au revoir lorsque nous quittons les bureaux, les valeureux consultants sont toujours les derniers.

Nous n'avons rien appris sur les relations entre consultants du cabinet. Nous avons donc toujours le droit de procéder par bassesse et manipulations.

L'associé qui animait cette formation – ou plutôt menait son troupeau – a même ajouté que certains clients aimaient qu'on leur serre la pince, il fallait donc nous adapter… Un comble !

Je manœuvre

J'ai eu un jour à effectuer une mission contre nature : travailler sous la tutelle d'un manager d'un autre cabinet de conseil. Il me tombait dessus régulièrement pour me reprocher toute prise de liberté dans ma mission. Je n'avais droit à aucune initiative. Lorsque je n'étais pas avec lui, je me sentais beaucoup mieux. Les clients appréciaient que je sois un peu moins « consultant » et accepte de sortir légèrement des chemins étroits du Big.

J'ai un jour improvisé une réunion téléphonique car les clients remettaient en cause les choix du manager. Pris en tenaille, je décidai de lui téléphoner avec mon portable. Les clients m'avaient mis la pression, ils voulaient sa réponse. Installés autour de moi, ils m'ont bien poussé.

Mon manager décrocha et n'écouta qu'à peine ce que je lui dis en guise d'introduction : « Je suis avec Monsieur Duchmole et Monsieur Moldu… ». Il me coupa et commença à me reprocher d'avoir pris l'initiative de cette réunion et patati, et patata. Cela dura une bonne minute durant laquelle je le laissai faire. Pendant ce temps, je levais les yeux au ciel pour que les clients comprennent que je ne pouvais pas en placer une.

Je repris enfin la main, rappelant que j'étais avec nos clients qui attendaient des réponses. Quelques palabres plus tard, j'obtins ce que je voulais et les clients étaient satisfaits. Le manager tenta de reprendre ses remontrances mais cette fois je ne le laissai pas faire et lui raccrochai au nez.

C'est le lendemain que je me fis incendier. Il reprit les reproches de la veille, puis il tança mon impertinence au téléphone. Il me menaça de le remonter à ma hiérarchie et de briser ma carrière dans le Big. Il ne fut pas long à me faire bouillir, certainement autant qu'il était chaud.

J'émis alors une réplique totalement improvisée et dont je ne suis pas peu fier, vu l'effet qu'elle eut : « Tu te rends compte, j'avais mis le haut-parleur ! Duchmole et Moldu ont tout entendu ! Pas très professionnel. Heureusement que j'ai rattrapé le coup… »

— Quoi ? Tu as fait ça ? Mais c'est d'une traîtrise ! Mettre en mains libres sans prévenir…

— Traîtrise ? Tu ne m'as pas laissé te le dire, tu étais parti dans ton trip !

Il se voûta et s'éloigna de moi sans se retourner. Bien évidemment, je n'avais pas mis le haut-parleur, cela ne se fait pas. Mais j'ai éprouvé tellement de bonheur à pouvoir reprendre la main sur un petit minable jouant au chef que je l'ai laissé croire cela.

Au Big, on traverse l'Atlantique en business class et il faut bien le montrer. Pas question de risquer de sembler pingre pour un associé qui fait payer le voyage par YI&I. Sait-on jamais, l'avion est truffé de clients potentiels ou déjà acquis, surtout en business class.

Les grades en dessous ne traversent l'Atlantique qu'aux frais de leurs clients, les conditions contractuelles indiquant souvent la classe à choisir. Il arrive que des clients payant très cher les services du cabinet refusent de dérouler le tapis rouge aux auditeurs ou consultants, au nom de l'équité entre leurs internes et leurs prestataires. Pourquoi un directeur de la société Tratouille voyagerait-il en classe économique alors qu'un consultant débutant comme moi serait en business ?

La question ne se pose pas car je reste en région parisienne tandis que Titus visite la France en seconde classe avec son boulet. Nos rêves d'hôtesses attentionnées tandis que nous voyageons allongés ne se réaliseront pas avant longtemps, semble-t-il…

Chez Titus, on parle beaucoup de réduction des coûts en remplaçant des déplacements par des téléconférences. Les patrons montrent l'exemple en réalisant des points mensuels réunissant l'ensemble des salariés du groupe. Pour éviter tout favoritisme, le patron reste dans son bureau, lequel est transformé pour l'occasion en véritable studio de télévision. Personne ne voit qu'une armée de techniciens et d'équipements lui fait face. Il s'est fait installer un mur de dix-sept écrans correspondant aux principaux sites du groupe. Sur chacun il peut apprécier la mobilisation des employés. Il peut prononcer son discours grâce à un beau prompteur et faire très moderne. Il dirige une entreprise du XXIe siècle, du moins en apparence !

Le complot

Nous avons, parmi nos partners, un sacré phénomène : le chocoteux. Il raconte à tous l'histoire sordide d'un associé qui a eu une heure pour faire ses valises. Cet associé a fait un léger affront à un de ses clients : il a en effet osé lui signaler combien il avait apprécié le logiciel phare de la concurrence. Le client en a donc déduit qu'il n'achetait pas exclusivement chez lui et en a pris ombrage, eu égard aux accords bipartites qu'il avait avec le Big, YI&Y.

L'affaire a quitté la France pour aller se traiter aux États-Unis où le chef du client – je parle de son very big boss – a obtenu sa tête auprès du very big boss « U.S. » du Big. Vous suivez ? Vous comprenez donc que si le chocoteux raconte cette histoire, c'est parce que la tête de l'imprudent a effectivement sauté.

Mais pourquoi le chocoteux raconte-t-il cette histoire à tous ? C'est pour nous enseigner la « gestion des risques » – ou risk management –, une

science que tout bon Big commissaire aux comptes se doit de maîtriser parfaitement, surtout depuis l'affaire Enron, que les moins de vingt ans non-auditeurs ne peuvent pas connaître.
Il n'est pas formateur, notre gentil pétochard, il craint juste pour sa tête à chaque nouvelle mission. Je l'ai vu pourrir un consultant en plein open-space parce qu'il avait envoyé un mail au client, s'excusant du retard de livraison d'un document en pièce jointe. Le chocoteux l'a dégommé en lui disant que si le client conservait copie de ce mail, il avait un élément pour nous faire un procès ou refuser de nous payer, voire pire. Et là, je vérifie que vous suivez… Le pire étant de demander la tête du chocoteux !
Il s'est passé quelque chose d'encore plus fort, cette fois. À se demander jusqu'où peut conduire un système aussi pourri à la base. J'ai remarqué qu'un directeur et un manager ont commencé à m'approcher et à chercher à obtenir des informations de ma part concernant un associé auquel je suis rattaché. Il est mon évaluateur et celui qui porte mon dossier dans la magnifique commission d'évaluation de fin d'année, j'ai nommé : le chocoteux !
Les deux énergumènes se sont ingéniés à déjeuner souvent avec moi, à provoquer des réunions dans lesquelles on parlait de tout sauf de la mission qui nous réunit autour des mêmes dossiers et livrables. Ces messieurs ont tout d'abord passé leur temps à me demander mon avis sur le chocoteux. Un peu bavard et naïf, fier aussi d'être l'homme important de la situation, j'en rajoutais parfois de mes

suppositions plus ou moins judicieuses. Eux, fins manœuvriers, me demandaient incessamment des faits, du concret pour étayer mes propos.

J'ai commencé à passer des nuits blanches, pensant qu'ils avaient pu m'enregistrer avec leur téléphone à la mûre – vous traduirez en anglais. Il en serait alors fait de moi en quelques heures s'ils décidaient de faire écouter mes propos à quiconque.

J'ai fini par estimer qu'ils voulaient réellement me piéger et me suis alors bloqué, refusant poliment tous les déjeuners et recadrant chaque réunion sur l'ordre du jour qui était assigné. Le message était clair. Ce fut un bon entraînement pour moi qui ai toujours eu du mal à être le leader d'un groupe et à exprimer mes pensées en public.

Ils ont bien évidemment compris mon message et ont changé de stratégie. Se dévoilant un peu plus, ils m'ont mis dans la confidence : tous deux voulaient la peau du chocoteux, mais ils ne m'en ont pas révélé la raison.

La tactique consistait à exploiter toutes les failles du chocotcux. La principale étant très visible : sa peur panique déjà évoquée dans ces pages. Une autre faille qui devrait précipiter sa chute, selon mes conspirateurs, était sa propension à toujours faire du vent. Et que je te joue au sympa, et que je passe des heures à disserter sur l'avantage du SUV sur le 4x4, sur la différence entre les chefs étoilés de province, et que je sois toujours à faire de la politique de bas étage, n'hésitant pas à me contredire pour rester en mesure de ménager la chèvre et le chou, le tout au détriment des consultants.

Bref, Monsieur réseautait, cherchait les missions chez les autres en vendant père, mère et les savoir-faire de tous ses consultants, Monsieur récoltait des missions et générait du chiffre d'affaires en se faisant mousser. Mes potentiels futurs complices n'ont pas tari d'arguments pour tenter de me rallier à leur cause.

Le plan peu à peu se précisa et l'on me demanda une participation active, pour ne pas dire que je devais en être le bras armé. Je n'étais pas contre un tel plan, essentiellement parce que je détestais la fourberie du chocoteux. Et aussi par amusement de mettre mon grain de sable dans ce système bien huilé. Je suis certes un peu lâche, mais j'estime que c'est le jeu convenu avec les associés. Dans une prison, certes dorée, nous ne pouvons qu'agir en douce pour obtenir des avantages.

J'ai néanmoins conservé du recul vis-à-vis des protagonistes de l'affaire, que je n'appréciais que très peu. Je jugeais par ailleurs que le risque que cela se retournât contre moi était très élevé. J'ai donc refusé poliment, sans toutefois dénoncer leurs agissements. Les conspirateurs ont fini par se débrouiller sans moi et ont certainement trouvé quelqu'un d'autre.

Le plan démarra en effet. Je n'avais pas remarqué dès le début. Il s'est agi de diffuser un « code mission » bien précis à d'autres consultants. Un tel code sert à renseigner son activité. Lorsqu'on est en mission, il faut indiquer qu'on a travaillé pour elle en renseignant son code. C'est bon pour l'évaluation de fin d'année qui scrute le « taux de staffing » qui confirme qu'on a été très souvent vendu à des clients. Le temps passé en intercontrat – c'est-à-dire sans mission – n'est pas bon pour l'avancement. C'est pourquoi tout le monde cherche à pouvoir travailler par-ci, par-là, sur des missions. Même pour quelques jours. Du coup un code mission réel – appelé « chargeable » par opposition à un code non productif du type formation – et ouvert à tous a été perçu comme une aubaine.

L'affaire fonctionna très bien. Le code circula gentiment sous le manteau. La version officielle donnée à un consultant était qu'il pouvait s'imputer sur ce code, en dédommagement de missions similaires où il avait travaillé plus sans nécessairement charger des heures – heures sup ou jours de travail « gratuit » au-delà de ce qui avait été budgété pour la mission. Chacun n'avait le droit de charger que de petits nombres de jours, environ deux ou trois, et le cercle des élus était très restreint. Mais le petit jeu a vite tourné à la pagaille et dépassé ses instigateurs. Une rumeur s'est mise à circuler, indiquant que ce code était un fourre-tout officieux pour y mettre tous les dépassements des autres missions. Il y eut un effet boule de neige. Comment cela a-t-il été possible, je ne le sais pas. Toujours est-il que les protections interdisant théoriquement à tout le monde de s'imputer sur ce code avaient sauté. Un flot a submergé cette mission.

Comme elle était de longue haleine et à bon budget, la supercherie n'a été visible que de longues semaines plus tard, quand une alerte fut remontée sur un tableau de bord d'un grand patron et que l'associé peu précautionneux se fut fait remonter les bretelles.

La mission, d'un montant de près de trois cent mille euros, avait fini par se retrouver en déficit d'autant. Cela signifiait tout simplement « adieu à la marge sur la mission et bonjour le déficit abyssal ! »

Certains ont vu le chocoteux décomposé sortir de son bureau, blême et cherchant le manager conspirateur qui était censé surveiller les charges de la mission. Il ne le trouva pas, retourna dans son bureau, claqua la porte et se mit à hurler, seul. Les consultants alentour entendirent qu'il était en train de téléphoner à ce manager qui était sur le terrain et refusait de rentrer venir s'expliquer illico.

Le malin semblait avoir prévu son coup pour se défausser. Mais il ne perdait rien pour attendre, il était moins gradé. Nous apprîmes par la suite qu'il avait fait croire à l'associé qu'il n'avait pas eu accès aux données de gestion et qu'il était victime d'un complot mal orchestré.

L'associé était cuit. Même si l'argent n'était jamais sorti des caisses du Big, car la manipulation n'avait servi qu'à brouiller les états de l'activité de son entité, il n'en restait pas moins que l'associé avait été blâmé pour sa gestion trop distante de la mission, indigne d'un « risk manager ». Il avait mis trois mois à découvrir que le budget initial avait explosé et que la marge était réduite à zéro.

Le chocoteux n'était qu'un « mini » associé, pas un de ceux qui ont un salaire monstrueux. Il gagnait encore trop au regard de ses compétences : environ deux cent mille euros annuels bruts qu'il ne méritait pas vraiment.

hitler lui a demandé de partir. Le chocoteux a refusé. Qu'allait-il pouvoir faire s'il était renvoyé ? Il s'est donc accroché et sa placardisation a commencé. Ses amis de l'intérieur l'ont quitté et lâché. Pas un pour le soutenir ou prendre sa défense.

Nous n'avons plus jamais entendu le chocoteux parler de sa future nomination au poste de véritable partner, celui qui a de très grosses parts dans la boutique.

C'est curieux, ces deux mondes qui communiquent mal. Les consultants magouillaient avec le code de la mission sans que les associés soient au courant. Inversement, les déboires « top niveau » du chocoteux étaient connus de tous, une fois l'affaire dévoilée.

Quant au manager agressé par l'associé, il a été très justement défendu par son directeur et complice. Ils auraient dû sauter mais sont restés sans être inquiétés pour deux raisons : primo, ils étaient soutenus à haut niveau par un associé de poids et peut-être le véritable commanditaire de la manœuvre ; secundo, ils produisaient beaucoup, très impliqués dans l'opérationnel de la mission chez le client, ce qui les rendait indéboulonnables. Appuyés sans aucun doute par l'associé de poids, ils ont très vite gagné la seconde partie de leur plan, leur véritable objectif : récupérer le chiffre d'affaires du chocoteux.

Un beau cas d'école, non ?

Agence zéro risque

Les cordonniers étant les plus mal chaussés, les rois du conseil savent théoriser mais pas mettre en pratique. La communication en est un bel exemple. Il faut systématiquement décoder les messages officiels pour percevoir la vérité.

Jeune benêt que j'étais au début, j'ai cru que « les chiffres sont encourageants, il faut maintenant porter nos efforts sur le développement commercial » voulait dire que la boîte marchait à fond et que la crise touchait nos concurrents plus durement que nous. Donc il allait falloir en profiter pour les écraser, les enfoncer.

Eh bien non, un ancien m'a décodé : les chiffres sont mauvais, l'objectif de marge de quarante pour cent ne sera pas tenu. On sera à trente-neuf. Du coup, le super bonus du patron va sauter, il n'aura que son salaire de base de plus de deux millions d'euros et ses potes devront faire baisser leur niveau de rémunération – effort de quatre millions à répartir sur à peine plus de cent personnes.

Nous avons donc les vraies informations par la bande. Ici, les lambeaux de moquette qui n'ont pas encore été fumés se mettent à parler. Il suffit de se baisser pour les écouter, avec des tonalités différentes selon les étages.

À l'étage d'un grand patron, où la moquette est toute râpée devant le bureau qu'il occupe, on indique pudiquement qu'il attend confirmation de son nouveau poste avant d'informer officiellement de son départ. Bref, il est lourdé ou placardisé !

On signale aussi pudiquement qu'un autre associé a commis d'odieuses malversations et qu'une enquête interne est en cours – pensez bien, on ne va pas en parler à l'extérieur. Cette communication mystérieuse intervient un mois après que le dernier consultant en a été informé par la bande…

Tout le monde sait avec force détails qu'il a couché avec la femme d'un patron du CAC 40, ce qui ne se fait pas du tout, surtout lorsque l'on est signataire du document certifiant les comptes, ça fait un peu juge et partie… de jambes en l'air.

Mais le pire dans l'affaire, c'est que les ragots s'avèrent presque toujours exacts. J'ai même essayé d'en créer un ou deux, me disant que le jour où ils me reviendraient, c'est que j'aurais réussi. Eh bien, croyez-moi, ils ne me sont jamais revenus. Explication : on est dans un bon cabinet d'audit. Toute information fournie est vérifiée. C'est toujours ça qu'on ne nous enlèvera pas.

J'ai aussi assisté à une des plus belles pantalonnades de mon existence. Ce fut jubilatoire de voir tous ces géants descendre de leur piédestal pour redevenir de petits humains comme les autres, avec leurs peurs à peine dissimulées.
Il y a tout d'abord eu un long travail de réponse à l'appel d'offres d'un client, durant lequel une grosse équipe a pondu la fameuse « propale ». C'est un document censé répondre aux attentes du client, dans lequel l'équipe lui a exposé nos points forts. Pourquoi le Big était le meilleur, pourquoi nous allions être les meilleurs sur le plan opérationnel, pourquoi notre équipe est en permanence la meilleure, bref, pourquoi le client allait devoir nous choisir puisqu'il devra retenir… les meilleurs !
J'ai eu un rôle génialissime et complètement inimaginable, même si je n'en menais alors pas bien large : assister aux répétitions du grand oral qui se tiendrait quelques jours plus tard chez le client, devant lequel nos génies devraient soutenir la proposition commerciale déjà transmise. Il y avait là hitler en personne, le chocoteux, un très bon « cheveux gris » et deux ou trois consultants très expérimentés – directeur ou manager – qui s'efforçaient de ne pas trop rayer la moquette avec leurs crocs.
Figurez-vous que j'ai eu la joie de pouvoir critiquer nos partners suant devant nous, avec une certaine retenue, bien évidemment.
Le chocoteux a été assez pitoyable, confondant discours compréhensible et précipitation sous l'effet du stress. Je n'ai strictement rien compris et l'ai fait

savoir, tout en indiquant que c'était peut-être ma faute. Les autres se sont empressés de me soutenir : c'était proprement imbitable !

hitler semblait peu à l'aise, demandant sans cesse quelle perception on avait de sa prestation : était-il trop compliqué, trop verbeux, trop obséquieux ? Non, je le trouvais simplement trop c… Que voulez-vous, quand j'ai une mauvaise image de quelqu'un, il sera difficile pour lui de remonter la pente. Je lui ai juste indiqué qu'il était plutôt bien, comment pouvait-il en être autrement ? De toutes les manières il ne méritait pas mes conseils. Qu'il reste dans son ignorance me convenait tout à fait.

Un consultant grande gueule trop yaka-fokon est ensuite passé. C'était insensé. Nous étions trois ou quatre, selon les moments, à servir de jury ou d'observateurs.

hitler a fini par décider que tout le monde était nul. Il a ajourné la séance et fixé seul un horaire pour une nouvelle répétition le lendemain, imposant à tous de revenir avec un texte écrit qu'ils devraient savoir par cœur.

J'ai ensuite été mis hors circuit mais j'ai eu des retours sur l'oral « réel ». Nous n'avons pas été retenus, officiellement à cause du lobbying de deux autres cabinets concurrents. Une indiscrétion m'a appris que l'oral avait été une catastrophe, chacun ayant l'air de lire ou de réciter son discours de politique générale, sans qu'il transparaisse la moindre humanité dans cette équipe. Cela vous étonne ? Non ? Alors, vous côtoyez certainement déjà un Big ou assimilé !

De l'autre côté du miroir, Titus a été convoqué à un oral similaire, où il devait juger la qualité de la prestation de grands cabinets défilant plusieurs jours de suite.

C'était fatigant et pénible. Il devait avoir lu les documents reçus, assimilé les critères de notation de la grille de cinq pages qu'on lui avait remise.

Durant chaque oral, il lui fallait s'accrocher pour comprendre, ainsi qu'imaginer le comportement du futur prestataire en situation. Il s'est largement fait avoir lors de la première séance, qui a duré deux heures avec l'équipe du postulant, suivie d'un debriefing qui a duré ensuite plus de deux heures, jusqu'à 21 h !

Durant ce debriefing, il ne comprenait pas la moitié des remarques des uns et des autres, et n'était pas d'accord avec leur manière de noter. Faisant profil bas la plupart du temps en suivant les avis généraux, il a tenté quelques fois de donner le change lorsque le sujet le concernait. Il n'était pas certain d'avoir convaincu, aussi a-t-il mieux travaillé sa copie durant l'oral du candidat suivant, écoutant avec plus d'attention et veillant à préparer son intervention du debriefing à venir. Pas facile pour un débutant n'ayant pas l'expérience des prestations à juger.

Mais il y eut mieux de son côté. Il anime un comité mensuel, un COPIL pour le suivi de l'avancement des travaux de son pôle. Sont convoqués des personnes au-delà du niveau opérationnel et Titus est chargé de rendre compte de l'avancement, des risques, du budget, et de demander des validations ou des décisions sur différents sujets.

Titus présenta un sujet avec son chef, qui venait au COPIL. Cet homme participait aux décisions mais avec son avis bien particulier, qui avait souvent surpris Titus tant il reflétait une méconnaissance du sujet dans sa globalité. Sympa pour un chef qui ne suivait pas son poulain.

Lors du dernier COPIL en date, Titus a présenté un dossier qu'il connaissait très bien et a demandé qu'on valide le lancement d'un chantier indispensable par la suite, selon lui. Il a exposé les contraintes et les raisons de sa demande.

En gros, on économiserait bien quelques euros si on ne le faisait pas, mais le résultat de la décision aurait des répercussions l'année suivante : il faudrait reprendre, modifier l'existant et, pour cela, remobiliser des équipes qui seraient entre-temps parties sur autre chose. Cela allait donc coûter cher, hélas. Il y avait néanmoins une opportunité dans les prochaines semaines, il fallait la saisir.

Le chef, certainement soucieux de montrer qu'il faisait de belles économies, a élevé la voix, a quitté deux fois la salle pour répondre au téléphone, n'a pas suivi les débats puis a quitté définitivement la réunion pour aller fumer avant la réunion suivante.

Les personnes présentes au comité ont validé la demande de Titus. Mais le chef n'était plus là. Peu après, ce dernier a discuté du sujet avec son chef – le N+2 donc. Pour lui montrer qu'il économisait des sous et qu'il allait rendre cinquante mille euros, il alla contre la demande de Titus.

Conscient de la demande qui émanait du métier, le N+2 lui a demandé une sorte de document d'avantages et inconvénients permettant de décider de manière argumentée. La demande est redescendue à Titus qui s'exécuta de main de maître, réalisant un beau SWOT comme appris à l'école : forces (S), faiblesses (W), opportunités (O) et menaces (T) – c'est le jeu : à vous de trouver la traduction en anglais.

Titus envoya le document où il avait forcément trouvé plus de forces que de faiblesses, plein d'opportunités et peu de menaces. Ce sujet, c'était son bébé, à notre Titus. Son chef lui avait demandé de le lui envoyer en premier pour qu'ils le retravaillent ensemble.

Cinq minutes après son envoi, le chef fit suivre le document au N+2 – on dit « shooter au N+2 » –, certainement pour se faire mousser sur sa rapidité. Titus, légèrement étonné, se dit alors qu'il avait fait du bon travail et que l'autre avait relu bien vite !

Une heure après, le chef de Titus l'appela et l'agonit de reproches, Titus ayant à peine le temps de le raisonner et de lui expliquer tous les éléments du dossier. Le N+2, ayant lu le SWOT, avait compris qu'il fallait faire comme Titus l'avait préconisé et non à la manière de cow-boy du chef. Ce dernier, déçu, a enfin ouvert le document et découvert que le résultat était en effet à l'opposé de ce qu'il souhaitait. Il aurait qualifié l'acte de Titus de traîtrise. Il lui reprocha même le fait d'avoir désormais un nouvel ennemi en la personne du N+2.

Le déculotté a, paraît-il, totalement perdu la face devant le N+2 et la demande de Titus a bien été retenue. Le chefaillon peu consciencieux a écrit un message de validation, indiquant de manière laconique : « Nous allons faire ce travail parce que c'est assez facile à réaliser mais nous n'en tirerons pas d'intérêt dans l'immédiat ». Une phrase qui démontre qu'il n'a toujours rien compris au sujet et n'a pas lu le document, voulant sauver la face de manière maladroite.

Mais où est Charlie ?

Un jour, le führer se leva. Autour de l'immense table de la salle du conseil, des consultants de tout grade besognaient sur la stratégie à appliquer pour reconquérir un compte qui avait signifié la fin de sa collaboration avec le Big. L'assistance n'en menait pas large.

hitler, parcourant alors la salle d'un sombre mouvement de balayage, mitrailla du regard la totalité des personnes assises. Ceux qui avaient le dos tourné purent sentir, juste avant la fin, la soudaine disgrâce qui les frappait.

hitler cria ensuite : « Je ne comprends pas, quand je suis en réunion avec vous, personne ne pose de questions, personne ne propose d'autres solutions… Êtes-vous tétanisés en ma présence ? »

Le silence, oppressant, parcourut les fauteuils tout confort. Tous étaient abattus.

L'un d'eux – un survivant inconscient probablement – émit un petit son étouffé.

On entendit le sifflement qu'il fit : « Je suis Charlie ».

La quille

Ouf, j'ai quitté la boutique ! Ils ont fait exprès de me laisser mariner au bureau durant mon préavis alors qu'ils savaient bien que je souhaitais partir de manière anticipée. Mais, négligence des processus ou souhait réel de m'emm…nuyer, ils ne m'ont contacté qu'après plusieurs semaines pour me fixer les échéances de départ.
Ils m'ont alors imposé la prise de mes derniers congés, certainement pour éviter d'avoir à me les payer. Et aussi pour éviter de conserver un élément négatif dans les couloirs. Quelqu'un qui ne s'intéresse plus au bon fonctionnement du système. Curieusement, ça tombait juste : « Tu prends tes congés à partir de demain et tu reviens donc dans deux semaines pour le parcours de départ ».

S'il y a bien un truc pathétique dans cette maison, c'est la check-list qui nous est adressée, peu avant la date fatidique du départ, visant à vérifier que toutes les obligations ont été remplies. Un beau miroir de la vie que j'y ai laissée.

Elle est longue comme le bras. Il y a bien évidemment la remise des badges et la validation des soldes de congés qui semblent classiques pour toute entreprise. Mais il y a aussi bon nombre de bizarreries propres aux métiers de notre Big Four, comme le retour des dossiers au format papier dans les services d'archives. J'ai dû faire le tour de beaucoup de services qui m'étaient inconnus et m'ont mis un coup de tampon sur la feuille comme si j'étais un vieux timbre à oblitérer.

Durant ma période de préavis, j'ai tout à coup découvert mon utilité au sein de YI&Y. De nombreux associés ou directeurs se sont précipités pour me demander, qui un « pitch » de quelques pages sur la longueur comparée des poils de yack dans le Tibet oriental, qui une participation à un appel d'offres sur un sujet similaire et dont j'étais l'ultime compétence encore valide dans la maison. Comme une peur panique d'une disparition du savoir avec mon départ, ce qui m'a bien amusé.

J'ai quitté sans regret ce panier de crabes pour retrouver la véritable vie, la vie civile allais-je dire, tant je me suis senti enfermé dans un système quasi militaire. J'ai découvert de vrais collègues, parfois collègues-amis, avec qui je ris et partage des choses sur la vie au travail et en dehors. Des gens qui disent bonjour, partagent avec moi leurs compétences sans penser que je vais les dépouiller ou sans tenter de me tirer dans les pattes. Des chefs humains qui sourient quand ils vont bien et sourient moins quand ça se passe moins bien. Bref, la vraie vie !

Il faut reconnaître que j'ai bien progressé sur le plan professionnel. Une année dans un tel cabinet équivaut, dit-on, à trois années dans une autre entreprise. Je veux bien le croire, tant l'accumulation de missions et d'expériences a contribué à me faire gagner en maturité à une vitesse record.

Sur le plan personnel en revanche, c'est une catastrophe qui s'est produite. Je ne savais plus si j'étais fait pour ce métier. J'avais perdu confiance en moi et ai énormément douté dans les mois qui ont suivi.
Durant mon passage au Big, j'ai observé en moi une dualité : j'étais sans cesse partagé entre l'adhésion totale à un système élitiste et son rejet en raison de sa perversité à l'encontre de l'humain.
D'un côté, j'ai été pris dans le tourbillon qui me retenait chez eux et propulsait ma carrière. Parallèlement, une petite voix intérieure me disait de fuir ! Je ne voyais pas la dépréciation qui s'effectuait à mon insu et consumait ma bonne humeur naturelle. J'étais rongé à petit feu et ne voyais donc pas de différence d'un jour sur l'autre.
Le résultat fut un burn-out. J'avais perdu l'enthousiasme, le dynamisme, cette confiance indispensable pour exercer ce métier.

Durant ma période au Big, j'ai été fourbe, probablement comme les autres. Quand j'ai vu le

chocoteux dépité par son « affaire » qui a mal tourné, je lui ai dit que je savais. Je n'ai pas pu résister au fait d'en rajouter légèrement. Oui, je savais. Non, je n'ai pas participé au complot. Et moi d'ajouter : « J'ai bien fait, hein ? » devant un chocoteux au fond du gouffre.
Je me bats contre des moulins, mais au moins aurai-je pu rendre des coups à l'un de mes tortionnaires.

Il ne sera pas possible de réformer ce système tant qu'il attirera autant de jeunes diplômés. Complices innocents, ils sont corvéables à merci et souhaitent entamer leur carrière sur un tremplin. Ils alimentent la machine en offrant leur personne, de manière intéressée, durant quelques années.
Un tremplin pour le grand bain, certes, mais combien ne savent pas plonger et finiront par un explosif « plat » laissant la personne meurtrie ?

De même, entre le conseil et les entreprises clientes, deux mondes se croisent et vivent dans des sphères différentes. Elles se heurtent régulièrement sans nécessairement parvenir à se comprendre. Chaque entreprise a sa culture, et celle du Big n'est pas soluble dans celle du client.

Titus et moi avons tous deux démarré avec le même niveau et la même philosophie de la vie. Grands amis, il me semble que nous avons divergé dans nos expériences et cela a eu un impact sur chacun. Je crains fort d'avoir été, constamment sous pression, contraint de m'éloigner de moi-même tandis que Titus, plus tranquille, a eu le loisir de s'épanouir.

Je revendique la nécessité de prendre du plaisir dans mon travail, de pouvoir progresser dans une atmosphère bienveillante.

Pour cela, le management doit être exemplaire et humain.

Les qualités requises ne sont pas distribuées par la grâce divine à tout le monde. Et certains princes n'en ont pas hérité.

Reconnaissance…

A vous qui m'avez lu, à ceux qui se sont reconnus, ont cru me démasquer ou découvrir le nom du big.

A tous ces amis qui m'ont aidé pour améliorer ma communication : @cath_perrin, @lombag4, @PetrovskyBL, @LarryQuo.
Merci d'avance à ceux qui pourraient prendre du temps pour poster un petit lien sur LinkedIn. Vous savez combien il est important de bénéficier de visibilité.

A « Dessins d'Humeurs » qui m'a offert deux précieux dessins en échange d'un don à la recherche contre le cancer. Vous apprécierez l'humanité…

A mes bêta-lecteurs constructifs : Angeline Vagabulle (auteur de la série humoristique à succès « @Global Work » sur le monde du travail) et Christophe Genthial qui m'ont patiemment lu et relu, poussé et porté. Folco Chevallier qui m'a coaché. Tous ont boosté en moi cette volonté de finir ce livre.

A ma femme et mes enfants qui m'ont supporté dans ma démarche d'écriture, mais qui ne comprendront pas mieux, je le crains, en quoi consiste le métier de consultant !
A Titus enfin, mon éternel alter ego.

Table des chapitres

Sortie d'école 7
Accueil fuyant.. 12
Humanum est.. 19
Des organisations, désorganisations.................. 27
La mission.. 33
Voir du pays 42
Une sacrée culture d'entreprise 47
Les bizuths... 54
Ah, les filles ! 58
Douillou 61
De menus problèmes sociaux 65
Du pognon et de la reconnaissance 73
La moquette est rayée 85
De la politesse 94
Je manœuvre 95
Le complot... 99
Agence zéro risque... 106
Mais où est Charlie ?... 114
La quille 115